Al-Rhazes, el metge de la talaia

Al-Rhazes, el metge de la talaia

Antoni Oliver Ensenyat

Premi Barcanova de literatura infantil i juvenil

En la convocatòria de 2003 aquesta obra va obtenir el primer premi.

Editorial Barcanova

Equip editorial:

Sara Moyano (Projectes)
Albert Lázaro (Edició)
Laia Salcedo (Disseny de la col·lecció)

Fotografia de la coberta: Pere Formiguera

Mallorca, 45, 4.ª planta
08029 Barcelona
Telèfon 93 217 20 54. Fax 93 237 34 69
e-mail: barcanova@barcanova.cat
www.barcanova.cat

Segona edició: juny de 2006
ISBN: 84-489-1937-8
Dipòsit legal: B-31632-2006

Printed in Spain
Imprès a Romanyà Valls, SA
Plaça Verdaguer, 1
08786 Capellades

Índex

Preludi 9
La talaia 13
Cap a terra de moros 23
Els banys d'Alger 39
L'esclau deixeble 55
Un nou sol 73
La galera 91
El món dels savis 111
Nous horitzons 145
La fugida 165
El viatge esperat 179
El blat de mar 193
La ciutat de Mallorca 205
La Mallorca de la fam 217
El passat esborrat 231
Desarrelat 243

Preludi

El jove Mustafà no s'acabava d'acostumar a veure la sang, però tant li era, perquè observar com actuava el seu mestre el delectava. La manera com examinava els pacients, les preguntes que els feia i la tranquil·litat que els transmetia abans d'intervenir-los eren signes de la destresa d'un home savi, però també d'un home coneixedor de l'ànima i, sobretot, d'un home amb un cor immens dins el seu cos.

—Mustafà! L'aigua bullint! En necessito més! —li deia seriós el vell metge al-Rhazes.

El deixeble, d'uns vint anys, s'espavilava i en pocs segons canviava la galleda tenyida de roig.

Era el tercer pacient de la nit. En Mustafà odiava treballar durant les nits, però no s'hi podia fer res perquè era el mes del Ramadà i les lleis de la religió manaven que només es podien prendre medicines, així com menjar, durant la nit, quan el sol s'havia amagat.

—Pots cosir-ho tu! —li digué el metge de barbes i cabells blancs, però fort com un pi i de mans amples i segures.

En Mustafà s'envià la saliva espessa, que no volia davallar, per la canonada de l'esòfag, mentre embastava el fil mullat de budell de porc a l'agulla. Els segons abans d'endinsar els instruments quirúrgics, tant per tallar com per ajuntar, el jove quedava petrificat i glaçat alhora, i la majoria dels membres li deixaven de respondre momentàniament. Però una vegada la pressió de la fulla o la punta de l'agulla entrava en contacte amb el cos del pacient, l'home de ciència ressorgia i es concentrava sense perdre cap petit detall.

El seu mestre admirava la destresa del jove i l'encoratjava a aprendre més i més cada dia. Era el reflex d'anys anteriors, quan un altre vell metge, que també fou el seu amo, li desvetllà el món miraculós de les curacions.

Quan la intervenció hagué acabat, el mestre metge es netejà les mans i s'eixugà amb una tovallola, que després passà al seu deixeble, i es col·locà l'anell d'or apagat al tercer dit de la mà esquerra. Després sortiren a prendre l'aire fresc de la matinada encara fosca.

En Mustafà se sentia intrigat per l'anell. Des de feia més de set anys havia vist com el mestre es treia l'anell abans de començar la jornada, l'amagava dins un butxacó de la túnica blanca fins que acabava el dia, per a després tornar-lo a deixar fixat al dit quan havien acabat la jornada.

—Aquest anell significa molt per a vostè, mestre? —demanà en Mustafà un moment que se sentí més col·lega que deixeble.

—Era de mon pare! De fet és l'únic que em queda del meu passat.

El jove Mustafà badà les orelles: volia saber quin era el seu passat.

—Que jo recordi, vostè sempre ha estat metge aquí a Alger. O, almenys, jo sempre l'he conegut així —digué el jove per encetar el seu relat.

El vell al-Rhazes mirà cap al cel i observà les estrelles tot restant quiet i silenciós durant uns minuts. El jove deixeble no l'interrompé perquè semblava que havia començat un viatge cap al passat, on anava posant un rostre conegut a cada estrella que encara titil·lava a dalt de la volta celeste. Fins que lentament es girà i, tot mostrant el cristal·lí dels seus ulls gastats al seu deixeble, li digué:

—El meu nom era Marc i era fill d'en Miquel el talaier. Allà a l'illa de Mallorca.

En Mustafà quedà parat quan sentí el nom d'un sant dels cristians.

La talaia

El vent de gregal pentinava la costa de càrritx daurat del Cap de na Fonera, i al jove Marc, l'escena li recordava el jac de vellut de son pare, que només emprava en ocasions molt especials, com ara noces o bateigs, quan deixava que la mà corregués per sobre la tela del jac i aquest canviava les tonalitats del seu color, encara que segons després tornava al to anterior. Però ara, a la serralada, el vent era la mà que suaument movia l'herbam eixut i també en transformava les tonalitats.

No sabia quant de temps havia restat immòbil observant la costa escarpada, però quan es girà i veié que el sol es ponia per darrere el Cap de l'Olla, s'aixecà mig alterat perquè era tard i es carregà sobre les espatlles el feix de branques de fulla verda per dur-les a la talaia.

Requeria mitja hora arribar a la torre de vigilància, i el temps que restava era massa just. Son pare li havia advertit que, abans que es pongués el sol, havia d'ésser al cremador de la talaia per preparar-hi el foguerò, del qual depenien tantes vides.

Botà com una llebre. Coneixia cada pedra aferrada al terra. Aquestes li donaven suport durant la pujada. Inconscientment, esquivava aquelles que no havien arrelat fort, perquè eren una trampa perfecta per esquinçar turmells.

Quan tornà a alçar la vista, veié que el sol s'havia amagat darrere la muntanya de ponent i, content, calculà que arribaria a temps.

—T'has torbat molt, què has fet? —demanà son pare mentre començava a dividir els troncs i la fullada en dos munts: un de llenya seca i l'altre de verda.

—M'he aturat a observar la mar.

El pare va somriure. Observar la mar era la seva feina. Alertar de qualsevol perill era la seva tasca. Li deien en Miquel el talaier i tothom a la vila el respectava. Dotze anys abans havia descobert un estol de naus turques que venien a saquejar el poble.

El pare d'en Marc tornà a encetar el relat com sempre ho feia: amb l'aclariment que tot començà quan rompia l'alba i, per tant, que era la pitjor hora, perquè les tenebres de la nit encara difuminaven les clarors apagades del començament del dia i els senyals, que eren diferents per a la nit i per al dia, no es distingirien dins el to gris del cel i de la muntanya.

De dia, el fum negre del fogueró donava compte a un altre talaier que hi havia prop de la vila del perill que s'apropava. De nit, la claror del gran foc es veia de molt enfora. Ara bé, la matinada era més complicada perquè el fum, de vegades, es podia confondre amb els núvols que sempre porten les albes estiuenques, sobretot al cim de la muntanya.

Aquella matinada que el talaier es convertí en un heroi, el pare prengué foc a la llenya tot posant-li molt d'oli de llum i betum de casc de vaixell. El fum era molt negre i s'alçava cap al cel com si fos la torre bíblica de Babel.

L'estol de galeres i fustes s'apropava més i més i era hora de fugir. Ell també s'havia de resguardar d'aquell atac perquè els pirates odiaven profundament els talaiers, ja que aquests eren els qui feien que les seves empreses se n'anessin en orris.

Quan la claror del dia havia emblanquinat amb un to blau cel tota la badia i es distingia la vila al fons de la vall, els pirates ja havien amollat les àncores i, dins petits bots, s'apropaven a la cala que hi havia a sota de la talaia. En Miquel no havia abandonat el seu lloc, i només quan va estar segur que l'alarma havia sonat a la vila començà a córrer.

Els pirates l'empaitaren pel darrere i el talaier tenia el temps just per escapar. Pujà al cim de la muntanya.

Això li donà avantatge, perquè des de petit, com el seu fill, havia viscut allà i pujar la costa no li suposava cap esforç.

Quan hagué arribat a dalt, s'amagà dins la Cova del Pebre. Era una cova amb una entrada tan petita que un home corpulent hi havia de passar primer el cap i l'espatlla per després poder-hi ficar tot el cos.

La cova, a l'interior, era immensa i quasi baixava fins a la mar. Si no es coneixien els seus laberints era, de ben segur, una trampa mortal per aquells que hi entraven.

En Miquel passà tres dies dins la cova. Menjava garballons que havia arrabassat amb les mans durant la seva pujada i bevia aigua que les parets de la cova filtraven. Quan hagué sortit i s'hagué assegurat que les galeres havien fugit, es dirigí de seguida a la vila.

La vila havia estat saquejada i cremada, però aquesta vegada no havien segrestat ningú, ni cap home havia estat mort. Tots s'havien refugiat dins la ciutat fortificada d'Alcúdia, a poques hores de camí.

La gent agraí el valor que havia mostrat en Miquel i, a partir d'aquell moment, fou dels homes més respectats d'aquell indret. Però tot això havia passat feia dotze anys i ara ensenyava l'ofici al seu fill.

—No posis les branques verdes ara. Aquestes només fan fum i, de nit, el que necessitem és llenya seca que faci un bon foc —digué el pare a en Marc.

—Mon pare, ja tinc nou anys, que puc fer la guàrdia aquesta nit? —demanà en Marc amb el to i el semblant d'un adult.

—No és una bona idea.

—Però... per què?

—Avui la lluna és nova i no es veurà res. Tot serà foscor i cap vela, per molt blanca que sigui, no es podrà destriar —sentencià el pare, però afegí per temperar l'esperit del jove—: Ni jo podria veure un estol de cinquanta galeres.

En Marc no digué res pus i ajudà el seu pare a preparar el munt de llenya. Després soparen i el jove escoltà històries i contes narrats pel talaier, asseguts sobre una penya que dominava l'horitzó. Havia escoltat aquelles històries altres vegades, però sempre les vivia com si fos la primera vegada.

El cel quedà estrellat i el pare respirà alleugerit perquè la visibilitat ara no era tan dolenta.

—És hora d'anar a jeure, Marc —digué al seu fill amb cara de no admetre discussió.

El jovenet acalà el cap i s'acomiadà tot mirant el terra i deixant caure els braços com si aquests portessin un gran pes. Volia fer la guàrdia i havia de fer saber que es trobava decebut.

Abans d'entrar dins la cambra que hi havia sota la talaia, el pare, que començava a pujar l'escala de mà de la torre, li digué, després de donar-li un cop a l'esquena:

—Et cridaré a les cinc. Avui faràs la teva primera vigilància.

En Marc somrigué i botà d'alegria. Se sentí un home, i no un nen. Es posà tens durant uns instants i pensà que no podria aclucar els ulls fins que el seu pare el cridés, però al cap de pocs minuts de caure damunt el pallet de llana atupada, es quedà completament adormit.

—Marc! Marc! Aixeca't! —cridà el pare.

En Marc es fregà els ulls amb els dits i s'estirà per treure's la son de les orelles, però el pare prosseguí, aquesta vegada amb veu més forta i seriosa:

—Ara et necessito de veritat. Vine, de pressa! No tenim gaire temps!

En veure la urgència del seu pare, en Marc s'aixecà d'un bot i sortí de la cabana mentre es fermava la corda que li subjectava els calçons.

El pare enllestia la foguera i amb un foguer de pedra intentava calar foc a una branca amb molta fulla seca.

—Què passa, mon pare? —demanà alarmat el nen quan veié que la llenya que tantes vegades havia preparat i revisat (però que mai no havia hagut de cremar) estava a punt d'ésser encesa.

—Els pirates són a la badia. No me n'he temut fins fa poc. Aquests maleïts en saben molt! Saben quan és la millor hora per arribar i no ésser sorpresos. Vinga, ajuda'm a calar foc —digué el pare apressadament.

En Marc s'engrescà en totes les tasques que el seu pare li havia encomanat i, en pocs minuts, la foguera cremava amb força. En aquest moment, el pare s'aturà i envoltà el seu fill amb els braços mentre el mirava fixament.

—Ara, has de partir cap a la vila. No pots romandre més aquí. No miris cap enrere. Camina aviat però amb peu segur. Encara és una mica fosc i podries prendre mal. Quan arribis, avisa que hi ha nou galeres pirates a la badia.

—Però, i tu, pare? No véns amb mi? —demanà el nen esgarrifat de por.

—No puc. M'he de quedar aquí fins al final. El foc ha de romandre encès fins que l'alarma hagi sonat —el pare s'aturà i somrigué amb tendresa—. Però no t'amoïnis. Sé com amagar-me. No em trobaran.

Tot i que el pare volia calmar el fill, en Marc el mirà fixament i s'hi aferrà. Notà com un sentiment estrany que mai abans no havia experimentat li recorria l'espinada de dalt a baix i, encara que es volia contenir, no pogué evitar que els ulls se li entelessin amb una llàgrima feixuga.

—Sigues un home valent! Tot sortirà bé si fas el que et dic!

El jove besà la galta de son pare i partí sense mirar enrere.

La fosca de la muntanya era molt intensa i, a dos metres, no es veia res. Les branques fustigaven la cara del nen com si fossin fuets i, fins i tot, li obriren una ferida a la galta. Aviat notà que la suor es mesclava amb un altre líquid aferradís. La sang li davallava per la galta i féu pressió amb la mà dreta sobre el tall.

El cap se li enterbolia. Potser per l'ànsia, potser per la por o, tal volta, per la preocupació d'haver deixat el seu pare sol. Les cames es tornaren plom i sentia una rampa que li pujava del taló fins al costat cada vegada que trepitjava amb força una pedra.

Sabia bé cap on anava, encara que res no es veia. El silenci era absolut excepte pel crepitar dels albons secs que trepitjava, fins que li arribà el soroll sec d'un tret d'arcabús. S'aturà i pensà que disparaven a son pare. No sabia si tornar enrere o seguir. Però, al final, decidí seguir les ordres i alertar la vila.

Ara encara corria més perquè sabia que els pirates eren molt a prop. Respirava fort i pujava el ritme, però va topar amb una pedra mal arrelada i va relliscar. El turmell tocà el terra i en Marc sentí una punxada malèfica. Caigué al terra i, conscientment, tancà la boca per no cridar. Era espantós el mal que s'havia fet. Semblava que el turmell li volia fugir de la cama, era com si tingués vida pròpia i gemegués per si sol. Estès al terra, col·locà ambdues mans al voltant del turmell ferit tot pitjant damunt el mal, però aquest no remetia, més aviat al contrari, anava en augment.

Intentà aixecar-se, però tornà a caure.

Se sentia desesperat. La foscor, que havia estat la seva enemiga fins aquell moment, havia d'ésser la seva aliada ara. L'única opció era amagar-se. Trobar un cau de matolls que el cobrís totalment i esperar.

S'arrossegà per les pedres durant una bona estona fins que trobà una gran mata amb molta fulla. Les primeres clarors de l'alba anunciaven que el sol no tardaria molt a sortir.

S'estirà dins el matoll i es cobrí de fulla seca d'alzina. Quan hagué recuperat el ritme normal de la seva respiració, li semblà sentir un soroll peculiar dins la llunyania. Parà un pam d'orelles i s'alegrà. Eren els pagesos que bufaven els corns.

Minuts després, les campanes de les esglésies començaren a repicar el seu to metàl·lic i continu.

Els vilers sabien que un perill s'apropava. Se sentí complagut momentàniament perquè el seu pare i ell havien aconseguit alertar el poble.

Al cap de mitja hora, sentí que un gran grup d'homes caminaven amb rapidesa. Eren els pirates. Obrí un ull i veié que anaven dirigits per un home la fisonomia del qual li semblava familiar. S'hi fixà més atentament, però no aconseguí esbrinar si el coneixia o no. Era massa lluny i portava un mocador envoltant-li el cap.

Les cigales cantaven amb força, com si fos un dia normal. Però no ho era. En Marc era enterrat sota la fullada, envoltat de pirates, i no es podia moure ni mica.

Decidí tancar els ulls amb força i esperar que fes fosca un altre cop. Si no movia el peu, el turmell no li feia mal. Pensà que a la nit podria caminar.

S'havia adormit, però un so líquid el despertà. Era impossible que plogués perquè el sol brillava amb força. No entenia què passava i obrí els ulls només per veure que un pirata molt gras i més vell del normal orinava al costat del matoll.

S'alarmà quan veié la proximitat que hi havia entre el pirata i ell. No hi havia més de dos metres. No es podia bategar gens, i si era possible, no havia de respirar.

El pirata gras es cordà els calçons i exhalà molt d'aire després d'alleujar la pressió de la bufeta. Va riure i es va girar, fent un volt sobre ell mateix, tal com si ballés. Però va perdre l'equilibri i anà a parar sobre el matoll.

Els cent quilos de pes oprimiren el cos del jove, el qual, tot i això, aguantà i no cridà ni es va moure, però quan el pirata intentava aixecar-se, va trepitjar el turmell ferit del jove i un mal ferotge féu que en Marc llancés un crit d'espant.

El pirata gras saltà com si hagués perdut cinquanta quilos quan sentí el crit que sortia del matoll i de la fullada, però una vegada la sorpresa hagué passat, s'hi apropà i agafà en Marc d'una orella.

—T'he enxampat, rupit! —digué el pirata en la llengua d'en Marc.

Cap a terra de moros

La sequedat de la boca no deixava empassar-se la saliva espessa al jove. No havia begut en quasi un dia sencer. Havia passat tota la nit dins la bodega d'un vaixell de gran eslora, amb l'única companyia del renou peculiar que fan les rates quan masteguen. El peu no es queixava tant, però encara sentia una punyida de mal quan el deixava al terra. Cada vegada que ho intentava, queia sobre els llistons de fusta de la sotacoberta.

Notà que la cadena de l'àncora començava a pujar mentre una espècie de politja gegant voltava empesa per homes que, de tanta força que feien, acompanyaven els seus moviments amb un to melòdic i mut de paraules que els sortia dels pulmons. Tot seguit, sentí un fort esvalot i suposà que eren els mariners que armaven les veles.

Pocs minuts després, la nau escorà lleugerament cap a la banda d'estribord i en Marc caigué dins un estat de desesperació: sabia, per les històries que son pare li havia contat, que es dirigia cap a un país estrany on només l'esperava l'esclavitud. També el turmentava, no saber l'estat del seu pare.

Haver deixat la mare amb dos germans petits era una idea que el trasbalsava profundament, però no es volia desanimar i s'aferrà, com una pegellida, a la idea que el seu pare s'hauria salvat.

La calor dins la bodega es tornà infernal al cap d'unes hores i suposà que ja era migdia. Un escotilló s'obrí de dalt de la bodega i un raig potent de sol entrà i enllumenà l'estança tancada i humida.

Tot seguit, davallaren una escala de mà i el pirata gras li féu un senyal amb la mà.

—Puja a coberta, rupit! —digué el pirata amb un to afable i amb un accent estrany: allargava les vocals amb exageració.

En Marc, fent botar el peu sa, s'aferrà a l'escala i pujà amb molta dificultat. Havia de fer molta força amb els braços per poder avançar.

Quan arribà a coberta, la claror el cegà i hagué de tancar els ulls per protegir-se'n. Quan els obrí, veié que el pirata li passava una àmfora petita.

—Beu! Beu! —tornà a parlar el pirata amb musicalitat estrangera.

En Marc no digué res, però agafà l'àmfora amb ganes d'aplacar la set que el castigava.

Es girà a popa i veié que la costa era molt enfora, cap a mestral.

—On sóc? —demanà.

—Que no ho veus? Enmig del mar —contestà el pirata mentre somreia, i acabà dient—: Tornem a casa!

En Marc no compartia el sentiment d'alegria d'aquell home, perquè, per a ell, casa seva quedava a la popa del vaixell i la costa era ja quasi inapreciable.

—Sóc un esclau? —demanà el nen amb llàstima en el seu to.

—No. Encara no, rupit. Ara ets un captiu dels corsaris. Seràs esclau quan et comprin.

Les paraules del pirata sonaren com plom bullint a les orelles d'en Marc, tot i que les va dir amb naturalitat i franquesa, sense cap ànim de turmentar el nen.

Fer esclaus era la seva feina i era una tasca tan legítima com aquella que feia qualsevol menestral.

Quan en Marc hagué calmat la seva set, el gras corsari l'agafà per darrere i l'empenyé, suaument, per dirigirlo cap a la cuina.

Li donà carn salada, i un pa estrany: allargat i pla. El jovenet menjà tot i que, en un principi, la forta olor de les espècies li féu pensar que no li agradaria, però després de la primera mossegada, notà que era bastant gustós.

—Jo sóc Mohamed Ben Alí. El cuiner de la galera insígnia. Suposo que recordes que et vaig trobar jo, no?

En Marc mogué el cap tot dient que sí que ho recordava, però no digué res pus. Tan sols se'l mirava amb por.

—No tinguis por de mi, rupit. Jo et protegiré fins que arribem a Alger. No et separis de mi. La tripulació d'aquest vaixell és molt sanguinària i pensen que tu ets el culpable de la seva mala sort.

En Marc restà amb la boca badada. No entenia què volia dir, però segons després li demanà:

—De quina mala sort estàs parlant? No entenc què vols dir.

—De diners. Arrisquen la seva vida, quan ataquen una vila o una ciutat. Només ho fan per diners. Ho planegen tot durant mesos per arribar sense ésser descoberts. Atacar, robar i segrestar gent amb el mínim temps possible és el que volen. Però, aquesta vegada, trobaren el poble buit i totes les cases tancades. A més, després hagueren de fugir com si fossin llebres del desert. Un gran estol de soldats de peu i de cavall venien a presentar batalla —el pirata gras s'aturà per mossegar un bocí de carn salada.

—Però què hi tinc a veure jo? —demanà en Marc altre cop.

—Absolutament tot, rupit. Si no haguessis calat foc a aquella muntanya de llenya, el poble s'hauria despertat tranquil, com qualsevol dia, i els pirates s'haurien enriquit a força de bé. A més, era la darrera expedició que fèiem fins a la propera primavera. Per tant, tots teníem ganes de passar un bon hivern amb les butxaques plenes —digué mentre acabava de mastegar i, tot seguit, féu un gran glop de l'àmfora.

El jove acalà el cap i mirà el sòl de fusta de la cuina ple de taques d'un líquid viscós i greixós. Dins la seva tristor, se sentí animat. La feina del seu pare i la seva havien estat perfectes.

—Hi ha més captius dins les galeres? —inquirí amb to respectuós.

—Jo, de tu, no faria aquest tipus de preguntes. Tu ets l'únic captiu d'aquest vaixell i em pertanys a mi. Ets el meu petit tresor que em donarà una mica de tranquil·litat durant l'hivern. La resta de la tripulació només et vol llençar a la mar quan vegin el primer tauró. Els agrada fer talls a les cames i als braços de la víctima abans de llençar-lo per la coberta. La sang surt com si ragés d'una petita aixeta que deixava anar líquid ininterrompudament. La flaire de la sang atreu les tintoreres, especialment.

En Marc posà cara d'espant mentre s'imaginava l'escena.

—Però no passis ànsia. El que m'interessa és que arribis amb bon semblant i grassonet.

Mentre en Marc es calmava una mica i sentia una seguretat relativa al costat d'aquell home corpulent i gran, se sentí un guirigall que venia des de coberta. Veus d'homes que cridaven l'inquietaren, però parlaven en la llengua dels pirates i no entenia res del que proclamaven. El nen es preocupà quan s'adonà que el semblant del cuiner es transformava i més encara quan l'agafà per la camisa per col·locar-lo darrere la seva ampla esquena.

—Què passa? —demanà en Marc xiuxiuejant.

—Tenim problemes —respongué el pirata—. Els mariners busquen venjança.

Uns cops continus, fets amb l'empunyadura de les espases sarraïnes, donaren compte al cuiner que un motí havia començat.

Era estrany perquè les lleis de la pirateria establien que cap mariner no podia desfer-se del botí d'un company. Però la ira i la ràbia eren tan profundes que, potser, ni el mateix capità s'havia atrevit a aturar-ho.

—Mohamed, porta'ns el menut! Ell és el culpable de les nostres desventures!

—Porta'l, porta'l —cridaren diverses veus.

El gras cuiner no tenia altra opció. Havia d'intervenir. Es col·locà un parell de ganivets sota el guardapits de pell de cabra del desert i sortí amb el nen a la seva esquena.

Eren quatre els que esperaven.

—Què voleu ara? Per què no em deixeu en pau dins la meva cuina? —demanà amb to despectiu en Mohamed.

—Dóna'ns el poca-solta que amagues a la teva esquena. Ha de pagar pel que va fer.

—I què li voleu fer quatre homes a un nen que no alça la pixada d'un ca? —demanà tot burlant-se d'ells.

—Tu ja ho saps bé, el que volem fer. Vinga, aparta't —cridà el que semblava el capitost dels quatre.

—Tu saps bé que aquest captiu em pertany. La seva venda m'ajudarà a passar l'hivern a mi, a les meves dues dones i als meus setze fills.

El pirata que estava més avançat desembeinà la seva espasa corba i l'alçà per atacar. La seva ira era tan desmesurada que no li importava matar el company de tripulació si era necessari.

Però no donà dues passes perquè un petit ganivet de cuiner anà a parar al costat esquerre del seu pit. El pirata caigué a coberta mentre movia les cames i fregava la fusta, tot corbant-se ell mateix dins un cercle de mal. Fins que exhalà el seu darrer alè.

Els altres tres s'ho pensaren i no tragueren les espases. Feren passes enrere mentre es miraven el cuiner. En el fons, el temien perquè el coneixien: tot i que ja era gran, era dels pocs corsaris que, temps enrere, havien conegut els famosos germans Barbarossa i el temut i sanguinari Dragut. De fet, se sabia que ell, de ben jove, acompanyà Dragut en les seves darreres hores de vida a l'illa de Malta, durant el ferotge setge de 1565 que durà mesos i del qual, aquella vegada, no en sortiren vencedors.

—Tan sols ho diré una vegada —cridà el panxarrut cuiner, amb to amenaçador—. Aquest nen és el meu captiu i em pertany per les lleis dels corsaris. Qui s'atreveixi a posar-li una mà a sobre, se les haurà de veure amb mi.

L'avís havia quedat clar i tothom sabia el que li podria passar si s'atrevia a contravenir allò que havia dit el cuiner. En Marc no es mogué de l'interior de la cuina durant tota la travessia.

Encara que sabia de ben cert que quan arribés el comprarien com a esclau, volia arribar com més aviat millor. Era preferible ésser esclau que esquer per a tintoreres.

Només volia esbrinar dues coses abans d'arribar a Alger, tot i que ho havia de fer amb molta diligència. En primer lloc, el tret d'arcabús que havia sentit la nit del desembarcament l'aterria i li tornava a la memòria. Es demanava constantment si el seu pare n'hauria estat la víctima. En segon lloc, la imatge de l'home que havia vist quan era amagat al cau, i que li havia semblat familiar, li rondava pel cap. Volia saber de qui es tractava.

Havien passat dos dies i en Marc havia romàs tancat dins la cuina. Quasi sempre amb la companyia del cuiner, que només sortia per repartir el menjar que havia preparat per a la tripulació i per al capità i la resta d'oficials.

Parlà sovint amb en Mohamed i aquest li contà moltes aventures de quan era jove. També li explicà que quan va arribar als cinquanta anys, decidí canviar de vida. No volia batallar més perquè estava cansat de batallar i de rebre ferides. Intentà fer de pastor al desert, juntament amb la seva família. Però un any sense veure la mar i sense trepitjar les taules d'una coberta quasi el féu tornar boig.

Al cap de dos anys, va vendre totes les cabres de la seva propietat i s'embarcà altre cop. Ara ja no era tan jove i, a causa de la bona vida que havia tingut en els darrers temps, la panxa li havia crescut tant que no hi havia cap cinturó que l'aplanés. La gran bola peluda li sortia per sobre dels calçons al mínim moviment involuntari. També, cal dir-ho, no volia estar actiu durant els saqueigs. Només volia navegar i despertar cada matí amb l'estel de l'alba. Per tot això, el contractaren com a cuiner.

—I què hi feies a terra el dia que em vas trobar? Has dit que mai no prens part en els atacs —demanà en Marc mentre planejava la manera de treure-li informació.

—Només hi ha una cosa quasi tan bonica com veure sortir el sol des d'un vaixell per l'horitzó i això és veure'l sortir des d'una costa que domina la mar —digué mentre deixava escapar l'alè suaument—. A part, m'agrada desembarcar i estirar una mica les cames. Només feia un volt.

—Vas ésser tu que em disparares? —demanà en Marc, tot i que sabia bé que a ell no li havien disparat.

—No, i ara què dius, rupit? Jo mai no podria disparar contra un nen. Va ésser aquell maleït capitost que ja ha passat a l'altre món. Te'n recordes, d'ell, veritat? Encara que potser no sabia que eres un nen. Només vam veure unes branques que es movien i vam deduir que algú s'hi havia amagat darrere. Com ja has pogut esbrinar, aquells que encenen les fogueres a les talaies són odiats pels pirates. Però... vas aconseguir fugir, bergant! —digué amb un somriure en Mohamed.

—Sí. És veritat —dissimulà el jove quan veié que no havien capturat el seu pare.

Passaren hores i una veu que semblava suspesa a l'aire cridà:

—*Al ard, al ard!*

—Això vol dir 'terra'. Aviat arribarem a port —li explicà el pirata cuiner.

En Marc se sentí tens. Una nova vida, no massa venturosa, estava a punt de començar. No sabia quin futur incert l'esperava. La protecció del cuiner, tot i que havia estat el seu segrestador, li havia donat tranquil·litat i s'havia sentit, almenys de moment, segur.

No sabia si, quan arribessin a terra, podria tornar a veure en Mohamed i encara li faltava saber qui era aquella figura que li havia resultat familiar i que guiava el grup de pirates el dia que tot començà.

—Com ho féreu per guiar-vos dins la muntanya? Els camins són tortuosos i plens d'arbres i matolls. Si no en coneixes bé cada penya i cada arbre, pots fer voltes fins a l'eternitat —demanà tot mostrant ingenuïtat en Marc.

—Home! Nosaltres som mariners i ens podem guiar amb qualsevol senyal —contestà breument el pirata.

—Però semblava, quan vaig veure passar el grup, que ja sabien bé on anaven i com arribar-hi —seguí insistint el jovenet.

—Teníem un guia —contestà en Mohamed.

—Un guia? —tornà a repetir en Marc fent veure que no entenia res.

—És clar, rupit. Que no has sentit parlar mai dels traïdors? Els diners i la riquesa són motius suficients per trair el teu poble. Des de sempre, hem estat aliats amb traïdors. També hi ha els renegats.

—Què són els renegats? —demanà el nen.

—Aquells que reneguen de la seva fe i es passen a l'altre bàndol. Hi ha renegats que fins i tot han arribat a ésser capitans importants. Els renegats ajuden a trobar els camins que arriben a les viles. Fins i tot poden inspeccionar el terreny durant dies abans del desembarcament, però no tenen res a veure amb els traïdors.

—És el mateix! —digué enfadat en Marc.

—No, rupit! Els renegats són coneguts com a tals. En canvi, els traïdors segueixen la seva vida al poble després d'haver fet un bon negoci i sense que ningú no sàpiga que ells són els culpables. És simplement una qüestió de diners. No t'hi capfiquis —sentencià pausadament el pirata.

Però el jovenet s'hi capficava més i més. Volia saber qui era el personatge que havia traït els seus veïns i que, de passada, l'havia ficat en aquella galera.

—Qui és aquest traïdor? —demanà directament sense sospesar les sospites que pogués aixecar.

En Mohamed s'adonà de les intencions del nen, però no s'empipà. Més aviat al contrari, l'agafà i amb un to paternal li digué:

—T'he dit que no t'hi capfiquis. Vivim en un món on has de vigilar les espatlles en tot moment. Aquell que sembla el teu millor amic pot ésser qui més mal et farà. Jo he arribat a vell perquè mai no he confiat en ningú. I tu has de fer el mateix —s'aturà per beure una mica—. No et diré qui era aquell traïdor perquè realment no sé qui era. Només el vaig veure el dia del desembarcament. L'únic que sé és que no era la primera vegada que havia tingut tractes amb els corsaris.

Tots dos emmudiren durant uns instants. En Marc s'havia precipitat i havia estat descobert. O així ho pensava.

En el fons, el vell pirata feia estona que havia captat la doble intenció de les preguntes del nen, tot i que havia seguit el corrent com si fos una surada dins la mar. El que no li havia dit era que el seu pare era mort.

La nit de l'assalt a la vila, els pirates estaven informats del lloc exacte on es trobava el talaier. És més, el traïdor també els havia desvetllat on era la Cova del Pebre i quan el pare arribà a l'entrada tot confiat, ja l'esperaven.

Però de què hagués servit dir la veritat al nen? De res, pensà en Mohamed. De ben segur que ja mai més no tornaria a veure la seva família i que passaria la resta de la seva vida com a esclau en terra d'Al·là. Per tant, decidí que era millor que el nen seguís creient en la il·lusió que el seu pare s'havia escapat i que, per tant, encara era viu.

Quan el sol quasi tocava la línia rodona de l'horitzó cap a ponent, la galera entrà dins una gran i ampla badia. El cuiner agafà en Marc del braç i pujaren a coberta. Per al vell, un dels moments més intensos de plaer era quan tornava a port. Era estrany, perquè semblava que per a un navegant estar enmig de la mar era el plaer suprem. I en veritat, ho era. Però l'arribada significava que, tal vegada, podries tornar a sortir amb les forces renovades.

Li mostrà l'illa de la fortalesa i li contà les batalles que s'havien lliurat per mantenir aquell fort en mans d'uns o d'altres. Li explicà que els Barba-rossa el prengueren definitivament i molts espanyols hi deixaren la vida.

En Marc recordà cançons que cantava sa mare les nits de fred davant el foc on s'esmentaven presoners mallorquins a la ciutat d'Alger i sentí una punyida d'enyorança en el ventre.

No havia vist mai un port tan gran. Dotzenes de vaixells abarloaven al moll i el tragí, encara que ja era fosc, continuava sense aturall.

Quan davallà a terra, les cames li tremolaren i quasi perdé l'equilibri. S'havia acostumat al balanceig de la galera i ara, a terra ferma, encara esperava el moviment del vaixell. El pirata l'agafà d'un braç i li digué:

—Et portaria a casa meva, però no puc. Has d'anar als banys. És de llei que tots els captius han d'anar allà fins al pagament del seu rescat o fins que són comprats.

El pirata ho digué sense mirar-li la cara. Sentia llàstima d'ell i per un instant va maleir el moment que el trobà. Però ho havia de fer. La seva venda donaria esperances als seus. Amb els diners, podria passar un hivern digne. Els seus fills ja eren quasi casadors i segurament l'any següent algun d'ells hauria rebut els dots dels seus futurs sogres.

Tot i la necessitat de vendre el nen com a esclau, el pirata es féu un jurament amb el puny tancat: no el vendria a ningú que li pogués fer mal.

Mentre caminaven, en Marc observava els carrers amb ulls estranys. Res no li resultava familiar i l'olor del menjar que sortia de les cases tampoc. Es demanava si s'hi acostumaria quan es detingueren davant unes grans portes custodiades per soldats.

En Mohamed parlà amb ells en la llengua dels moros i aviat obriren les grans tanques.

Entraren i cap al final d'un passadís hi havia un escrivent que anotà tota la informació que el vell pirata li donà. Era el registre de captius.

—Ara no t'amoïnis, rupit —digué en Mohamed—. Demà passat vindré a veure't. Aquí estaràs bé.

El vell amollà el braç d'en Marc i, sense mirar enrere, caminà amb presses cap a les portes que duien a la sortida.

El jove se sentí desencoratjat. Era dins un pou molt fosc i amb les parets llises, a les quals no es podia aferrar, quan sentí una veu càlida que li digué en la seva llengua:

—No t'espantis, nen. Jo et portaré al teu lloc.

El jove Marc quedà parat quan veié que era un frare que vestia un hàbit blanc.

Els banys d'Alger

Els «banys» no eren un lloc on la gent s'endinsava dins l'aigua amb fins terapèutics o de plaer. Se'ls anomenava així perquè feia molts anys, a Turquia, quan l'imperi otomà s'alçà al poder, reclogueren tots els cristians dins uns banys, els de Constantinoble, anomenada Istanbul pels otomans. A partir d'aquell moment, qualsevol lloc on tancaven els captius, fossin cristians o bé musulmans, havia pres el nom de «banys».

De fet, era un pati enorme tancat per unes grans portes de fusta sòlida. Als costats, hi havia barraques petites i mal fetes on els captius hi feien vida.

—Has de descansar. Aquí trobaràs la companyia dels teus. Com pots veure, n'hi ha molts —li explicà el frare.

I era veritat, els esclaus es podien comptar per centenars i n'hi havia de molts països diferents. L'únic que tenien en comú era el fet que tots eren cristians.

En Marc no digué res i s'apropà a una petita foguera. Notà que la nit era molt freda i això l'estranyà perquè recordava que la xafogor del dia havia estat tan opressiva que semblava que s'havia d'ofegar dins l'aire espès i asfixiant.

—Demà al matí, tornaré per parlar amb tu i em donaràs la informació que calgui —digué el frare mentre li posava la mà damunt el cap.

El frare pertanyia a l'Orde dels Mercedaris i un dels quatre vots que feien aquests frares era el d'alliberar captius de terres infidels: la idea que els captius poguessin abandonar la fe cristiana els martiritzava. Eren tan devots de la seva fe que, si era necessari, ells mateixos s'oferien a intercanviar-se per un captiu.

Però als capitans d'Alger no els interessava tenir esclaus que fossin frares, perquè això no suposava cap benefici. D'altra banda, sí que estaven plenament interessats a facilitar la seva estada i els seus viatges a terres cristianes, perquè ells eren qui portaven els diners per alliberar els rics, juntament amb mercaders que semblaven viure a part dels conflictes.

En Marc no dormí gaire, tot i que fou acollit en una casa de palla habitada per homes i dones de Castella. Li oferiren beguda i pa i li explicaren que feia dos anys que estaven confinats en aquells banys. El seu rescat era molt alt i les seves famílies, encara que riques, no havien pogut reunir tots els diners que demanaven els corsaris. Les darreres notícies de Castella a través dels frares mercedaris eren esperançadores i tenien confiança d'ésser alliberats aviat.

Les guitarres sonaven amb cançons plenes de melangia, que recordaven les persones estimades i la terra enyorada. Una mescla de llengües europees es dispersava pels banys quan les estrofes tocaven a la fi, ja a altes hores de la nit.

En Marc es quedà adormit en posició fetal als peus de la senyora castellana que l'havia rebut de bon cor.

Cap a l'alba, la vida als banys despertà. Una gran quantitat d'homes i dones es dirigiren cap a la sortida. No anaven escortats per soldats.

—On van? —demanà en Marc.

—A treballar —contestà la senyora castellana.

—I nosaltres? —s'inquietà el jovenet.

—Nosaltres no treballem. Nosaltres som captius del rei i mai no sortim dels banys. Ens anomenen així perquè el rei rebrà una gran quantitat de diners pel nostre rescat. Quan un captiu és de família pobra i, per tant, no pot pagar un rescat, s'anomena captiu del poble o, simplement, bastard. Aquests, si no els han comprat com a esclaus, han de treballar per a la ciutat. Netegen, fan feina a les cases, recullen llenya i coses així —explicà la senyora castellana mentre es netejava la cara amb un mocador brodat.

—I jo, què he de fer? La meva família és pobra —afirmà en Marc.

—Esperar. Primer et faran moltes preguntes i després, si no poden pagar un rescat per tu, aniràs al mercat.

—Mercat? Quin mercat? —demanà preocupat.

La senyora noble castellana se'l mirà amb llàstima i l'agafà de la mà. Després li digué:

—Al mercat d'esclaus.

L'estat anímic d'en Marc no el deixava pensar. Simplement observà el pati tancat: els passeigs maquinals d'aquells que hi quedaven reclosos tots els dies, totes les setmanes i tots els mesos mentre esperaven el rescat. Era una presó sense sostre, però, tot i això, en aquell moment hauria pagat una fortuna per quedar-hi reclòs i no haver de sortir i encarar el seu futur incert.

Quan el sol entrava de ple dins el pati, aparegué la figura del frare. Anava acompanyat d'en Mohamed.

—En Mohamed m'ha informat de com et van capturar. Pel que puc suposar, no ets de família rica, veritat?

El jove assentí amb el cap.

—Doncs, no hi podrem fer gaire cosa —replicà el frare, preocupat perquè sabia que eren els captius joves els que més abraçaven la fe de l'Islam i, al final, es convertien en ànimes infidels.

En Marc sabia que demanar un rescat era impensable. La seva família no l'hauria pogut pagar mai de la vida i mirà el pirata amb ulls llastimosos.

—No passis ànsia —digué en Mohamed—. He recorregut la ciutat per trobar-te un bon amo. He cedit al seu baix preu perquè estic del tot segur que t'hi trobaràs bé allà. L'únic que has de fer és complir el que et manin. No et faltarà ni el menjar, ni un sostre, ni un llit de palla.

Tot i que en Mohamed era qui l'havia segrestat, en Marc s'adonà que havia estat un acte de bondat rebaixar el preu per trobar-li un bon amo.

—No hauré d'anar al mercat d'esclaus? —demanà el jove.

—No farà falta —replicà en Mohamed.

Almenys, això representava una alegria per al nen. La imatge de veure's mostrat com el bestiar de les fires no li feia cap gràcia.

—Agafa les teves coses —digué el frare.

—No tinc res —contestà en Marc—. Però m'agradaria acomiadar-me de la senyora castellana.

—Endavant!— digué en Mohamed.

La senyora es quedà complaguda quan sabé que el jovenet estaria bé dins les males circumstàncies en què es trobava i li desitjà sort. Però abans d'acomiadar-se, en Marc li demanà si podia fer arribar un missatge a la seva família quan hagués estada alliberada. El missatge simplement informaria del seu estat i d'on es trobava.

La senyora, que sabia escriure, apuntà les dades en un pergamí i li prometé que ho faria tan aviat com pogués.

En Marc també sol·licità al frare el mateix que a la senyora. En cap moment dubtà de la promesa d'ella, però trobava que la seva família de Castella es torbava massa a pagar i que potser, en el fons, no interessava el seu rescat. I, en un futur, les seves sospites serien ben fundades perquè sentiria moltes històries, males de creure, on els familiars no pagaven el rescat, tot i que podien fer-ho. Les famílies riques, a vegades, es movien més per interessos individuals que per amor familiar.

Mentre caminava pels carrerons polsosos i plens de vida pel moviment dels ciutadans d'Alger, veié els esclaus del poble que agranaven les carreres sinuoses que portaven al port. La gent no els feia gaire cas, només alguns nens més petits que en Marc s'hi aproximaven i pegaven una puntada de peu al cul dels servents del poble, just per distraure's. L'escena li recordà la cabra de l'amo, en Bartomeu.

Quan tenia set anys, en Marc, juntament amb amics de la vila, gaudia de manera agosarada de fer enfadar l'amo, en Bartomeu. Tot era simple però perillós: arribar a l'ovella vella que era al mig del sementer i pegar-li una puntada de peu mentre un altre li pessigava les mamelles. El bel del pobre animal era tan singular que feia que l'amo, en Bartomeu, despertés de la seva becada al balancí i caigués a terra de la sorpresa. Tot seguit, el vell començava la seva carrera dins el blat daurat. Els amics corrien com llebres i quan havien traspassat la paret seca de la propietat, la qual cosa significava que ja no els enxamparia, reien com si el diable els hagués posseït per un instant.

Els nens moros també reien i es grataven la panxa mentre les cares se'ls deformaven per les rialles exagerades. El bastard continuava agranant, tot prement amb ràbia el mànec de l'escombra.

El frare agafà la mà d'en Marc i s'hi apropà quan en Mohamed era una mica més avançat.

—Recorda que no has de perdre la fe en el teu Déu. No reneguis de Jesús, el seu Pare i l'Esperit Sant. Aquests infidels intentaran que abracis la seva fe. És la Yihad, la seva guerra santa. Volen destruir la nostra fe —digué preocupat el frare, i després se senyà.

En Marc no digué res. Des de sempre, l'havien criat dins el cristianisme. Creia en el Cel i en l'Infern. Creia en el pecat i en els càstigs imposats per Déu. Es demanava quin pecat havia comès ell per trobar-se ara en aquella situació, perquè el que sí era clar per a ell era que Déu l'havia castigat. Explicà tots els seus sentiments al frare.

—Tots som pecadors, fill meu. Des del moment que venim a aquest món, vivim temptats pel diable i trobem les coses carnals i mundanes atractives. A vegades pequem i no en som conscients —s'aturà un moment i pensà què havia de dir—. Els camins de Déu són misteriosos. Ell és l'únic que sap el nostre destí. Hem de tenir fe.

Les paraules del frare atemoriren més en Marc, que se sentia indefens. Si havia pecat, no n'era conscient i, tal volta, el càstig pitjor encara no havia arribat. En silenci, va començar a resar i a demanar ajut.

—Ja hem arribat —digué en Mohamed—. Aquesta serà la teva casa.

Era una casa força humil feta amb fang i branques. Fou una sorpresa perquè en Marc havia pensat que només una persona molt rica podria comprar un esclau i, pel que es veia, els habitants d'aquella casa no devien viure dins l'abundància.

S'aixecà una cortina, amb els colors gastats, que protegia l'entrada del sol calent que queia com si fossin espires de foc i aparegué la figura d'un home major que caminava amb el suport d'un bastó tan alt com el seu cos. Anava cobert amb una túnica blanca amb caputxa.

Quan fou al davant del nen i els seus acompanyants, es tragué la caputxa i mostrà una mirada profunda i de saviesa. Els seus ulls estaven enfosquits. Semblava que els havia fet servir molt.

El vell digué unes paraules en la seva llengua i agafà el nen per les mans. Li assenyalà l'entrada i començaren a caminar. Quan faltaven dos metres, en Marc es girà i veié el cos rodó i gran d'en Mohamed. Sentí que els seus sentiments cap aquest home eren confusos. Per una banda, l'odiava per haver-lo capturat; per l'altra, s'hi sentia obligat perquè en la venda no havia fet cap gran negoci i segurament era veritat que li havia cercat un bon amo.

Aixecà la mà lliure per acomiadar-se. No sabia si el tornaria a veure.

La casa era més gran del que aparentava des de l'exterior. Hi havia una gran sala dins la primera cambra amb una taula gegantina al centre. Nombrosos taulons cobrien les quatre parets i, a sobre d'aquests, hi havia centenars d'urnes que desprenien fortes flaires aromàtiques d'herbes. Algunes li semblaven familiars, però d'altres eren molt estranyes a l'olfacte. Cap al final de la cambra, hi havia una gran pica amb una bomba d'aigua. Allò era tot un luxe. A la seva illa només els rics posseïen aquests tipus d'artefactes. Per als pobres, només existia la politja, una corda i un poal per treure l'aigua del pou.

L'amo el seguí estirant cap a la següent sala, que era la cuina. Hi havia tres fogons i el jove considerà que eren excessius per a un sol home. També la quantitat d'olles i botelles de vidre i de fang de moltes formes i mides.

S'assegueren a una taula més petita que l'anterior i l'amo li digué paraules estranyes que en Marc no entengué.

Quan l'amo veié la inutilitat dels seus esforços per fer-se entendre, malgrat que pronunciés lentament, fort i marcant clarament cada punt d'articulació, canvià de llengua i pronuncià:

—*Ego doctus in medicine sum. Meus nomen Asim Isn Ashrà est* —ho digué mentre es pegava copets al pit.

En Marc no ho entengué, però sí captà que parlava en llatí perquè, encara que ell no en sabia, havia sentit la llengua culta a moltes misses.

L'amo li repetí el missatge i el jove començà a entendre el seu contingut. Ara veia per què la casa era tan peculiar i contenia objectes tan estranys i molts de manuscrits.

La tarda fou pesada perquè el metge li féu entendre que volia neteja. En Marc es posà a treballar. No volia defraudar aquell home que li podia oferir una vida més o menys digna, sempre amb l'afegitó que era un esclau en terra de moros.

Anava espolsant les urnes d'una en una amb molta cura i es fixà que totes portaven el nom escrit en àrab. El metge pronunciava cada paraula i esperava que el nen també ho fes darrere seu. Al principi, tot li semblava el mateix i no distingia bé els diferents sons. L'amo rigué de tot cor en sentir en Marc parlar, però la riota s'aturà quan una senyora amb la cara coberta s'apropà a l'entrada de la casa i cridà el nom del metge, que li ordenà que entrés.

Portava en braços una nena de no més de cinc anys, la cara de la qual mostrava un color groguenc que no era normal. Estava abatuda.

La mare estirà la nena sobre la sòlida taula que hi havia al centre i el metge començà a examinar-la. Primer li palpà l'abdomen, després el fetge i els ronyons. Ascendí en la seva exploració cap al coll i després féu que obrís la boca. L'olor que sortí de l'interior de la seva boca alarmà el metge, que es posà seriós. La nena fregava la part posterior del cos contra la taula.

El metge veié la seva intenció i, dissimuladament, s'apartà de la taula per parlar amb la mare, però seguia mirant la petita de reüll.

Quan la nena pensà que ningú no l'observava, es gratà el cul amb força i ànsia, tot buscant el consol que l'alliberés d'aquella picor molesta.

El metge somrigué i digué:

—*Lumbricus!*

La mare es quedà bocabadada i posà ulls de desconcertada.

El metge s'adonà que havia parlat en llatí i aviat canvià de llengua.

—Cucs! —digué en àrab.

El diagnòstic era clar. L'estómac i el recte de la nena eren plens de cucs que eren una malaltia parasitària habitual en els nens. En principi no era res per espantar-se, però la flaire pudent de l'alè de la nena féu sospitar al metge que la infecció havia arribat a la boca.

Més tard, quan en Marc sabés parlar àrab, el metge li explicaria que algunes vegades els nens s'autoinfectaven i tot era a causa dels cucs femelles que dipositaven els ous just a la part exterior de l'anus. Els ous produïen un pus que després passava a la boca, quan els nens s'hi posaven els dits a dins, després d'haver-se rascat allà on picava.

El metge ordenà al jove Marc que li passés una urna que contenia alls mullats en oli. N'agafà un i el ficà dins la nena com si fos un supositori. Després, d'una botella, omplí una gran cullera i la hi donà per la boca. Era all mesclat amb suc de llimona. Prescrigué la medicació a la mare abans que se n'anessin.

Tot seguit, en Marc seguí amb la seva tasca de netejar i netejar. Mai no havia netejat tant. Trobà que el metge en feia un gra massa, amb la qüestió de la neteja.

Aquella tarda fou entretinguda i diferent per a ell. Desfilaren cinc o sis pacients més per la casa del metge.

El jovenet observà com treballava el seu amo i se sentí fascinat per la destresa i la saviesa d'aquell home que l'havia comprat, especialment quan un dels pacients entrà tot deixant un rierol de sang en el camí.

S'havia tallat la cuixa amb una destral quan treballava.

El metge observà que el color de la cara de l'home era blanc com l'arena de platja. Era evident que havia perdut molta sang i la primera cosa a fer era aturar l'hemorràgia.

Pitjà amb molta força sobre el tall i el raig de sang s'aturà. Després examinà amb detall la ferida i calmà el pacient tot dient-li que podia estar tranquil perquè no hi havia cap artèria ni cap vena important afectada. Només els capil·lars i alguna artèria secundària havien estat seccionats.

En Marc ajudà l'amo després de netejar-se les mans amb sabó dins aigua quasi bullint. La seva comesa era pitjar amb un drap sobre el tall i evitar més pèrdua de sang.

El metge netejà la ferida amb un suc ja preparat d'aigua, vinagre i romaní mascle. Feia segles que es coneixien les propietats desinfectants d'aquesta planta.

Després cosí la ferida amb una agulla corba. El fil de lli unia els dos cantons de carn, múscul i pell. Cada sutura era independent i fins a catorze vegades hagué de passar l'agulla el metge per poder tancar bé el tall.

En acabat, netejà la ferida amb vi i hi posà pols d'almesquí sec i picat per facilitar la cicatrització. Al final, cobrí la ferida amb embenatges blancs. El metge ordenà a l'home que es netegés la ferida al matí i a la tarda amb vi. Si no ho feia, es podria gangrenar i la cosa es complicaria força.

L'home pagà unes monedes al metge i també li comprà una botella de vi. Aquest fet estranyà el jove Marc perquè, després de l'aigua, el vi era la beguda més coneguda i consumida al seu país.

Encara no sabia que l'Alcorà prohibia el consum de l'alcohol perquè deia que aquest havia estat inventat pel seu diable, anomenat Iblis o Shaytan, que volia enterbolir les ments dels homes. De fet, sabia poques coses d'aquella religió del profeta Mahoma.

Tot seguit entrà un home molt gras amb cara de gran patiment. Parlava molt de pressa i amb un to quasi irascible. Explicà amb gestos els seus mals al metge, que l'escoltava atentament.

L'home s'estirà sobre la taula, panxa per avall.

El metge cridà, en àrab, al jove que necessitava aigua tèbia i el jove, sorprenentment, l'entengué.

S'apropà amb una galleda que fumejava lleugerament a la taula i veié l'home gras amb els calçons baixos.

El metge li eixamplà les anques per netejar-li les grans morenes que li feien la vida impossible. Després, li posà oli d'ametlla, que alleujava la molèstia, i li receptà ceba mullada en oli per poder anar a l'excusat i no haver de sofrir l'infern per fer les feines.

En Marc acabà de netejar quan l'horabaixa tenyia la ciutat amb una claror difosa i apagada. La foscor aviat envairia les cases i les espelmes s'encendrien per fer la nit menys tenebrosa.

En Marc estava esgotat i la panxa li feia mal de buidor. S'assegué sobre una catifa i menjà acompanyant el seu amo, que digué la cinquena pregària que l'Alcorà obligava a fer a tots els musulmans.

No havia pensat en la seva desgràcia en tot el dia. Havia estat massa concentrat a conèixer les herbes i observar l'habilitat del seu amo, però ara, amb la fosca, els fantasmes tornaren i pensà en la seva família. Volia tornar a veure'ls, però la idea de fugir encara el turmentava més. On podia anar? A qui es podia dirigir?

No podia fer res perquè era pobre. No podia comprar la seva llibertat, però aquell home de ciència podia fer que la seva esclavitud fos menys penosa en donar-li l'oportunitat d'aprendre les ciències dels homes savis. Es prometé a ell mateix que no pensaria en la seva família ni en la idea de fugir i tornar a ésser lliure.

L'ESCLAU DEIXEBLE

El vell metge romania assegut sense moure's gaire. Ningú com ell sabia que l'artritis era una afecció que inflamava les articulacions amb unes humors dolentes que s'hi acumulaven tot fent que qualsevol moviment acabés en un mal agut. Però era encara pitjor restar immòbil durant una estona llarga, perquè quan arribava el moment inevitable d'haver de moure's, el mal es transformava en dolor de verí de dards emmetzinats que, fins i tot, emboiraven la vista pel sofriment.

Malgrat la seva malaltia, i només quan era sota els efectes analgèsics del cascall, pintacoques o herba dormidora, el vell encara se sentia útil en la vida perquè observava el seu deixeble quan tractava els pacients.

Ara en Marc era el motor i les mans i el vell era qui sospesava les actuacions i, en darrer lloc, decidia tot el que s'havia de fer. No obstant això, només actuava si la situació era tan seriosa que la vida del pacient corria perill o existia el risc de perdre algun membre, i ho feia, no per desconfiança en el seu deixeble, sinó per a la tranquil·litat del pacient. L'edat sempre era símbol de saviesa i en Marc només comptava vint-i-un anys.

Havien estat dotze anys de feina ininterrompuda, d'estudi del cos, de les medicines i de la cirurgia, tot amb la dificultat que el deixeble, en primer lloc, hagué d'aprendre a parlar la llengua d'Alger. Però ara parlava com un vertader musulmà, vestia amb les típiques robes dels curanderos i cirurgians d'aquells paratges i la seva pell fosca, els seus ulls negres i les marcades faccions sobre els pòmuls el feien passar per un àrab d'arrel.

—Amo, aquest home pateix del cor —diagnosticà en Marc.

—Com hi has arribat, a aquesta conclusió, Arba? —Arba, que volia dir nen, era el nom d'en Marc per a l'amo.

El jove es concentrà i repassà els símptomes en uns pocs segons, els enumerà dins el seu cervell i digué:

—La freqüència del batec del cor és molt més ràpida del normal, té la pell freda i zones blavenques. La respiració és agitada. Està molt pàl·lid i la seva suor és estranya. Però no en sé la causa.

—És difícil saber-ho —digué el vell metge amb lentitud. Alenà fort i mig aclucant els ulls continuà parlant—. Recorda el que has après. Recorda què afecta aquest òrgan.

En Marc féu memòria i pensà que la llista podia ésser molt llarga. L'únic clar era que la funció del cor era bombejar la sang. Per tant, el problema havia d'estar o bé en el cor mateix o bé en la sang. En el primer cas, hi havia poques coses a fer. La segona possibilitat era que una hemorràgia disminuís la pressió de la sang. El jove també es lamentà perquè amb la segona opció tampoc hi havia molt a fer. No hi havia cap ferida exterior que es pogués estroncar; per tant, la pèrdua de sang havia de ser interna.

—No n'estic del tot segur —digué en Marc amb cara de poca confiança—, però potser hi ha una hemorràgia interna.

—És possible. Esbrina-ho —ordenà el metge.

En Marc mirà si hi havia restes de defecacions o taques de sang a la part interior del darrere dels calçons del pacient. Buscava taques obscures que indiquessin que la sang provinent de l'interior es mesclava amb les deposicions. No en trobà.

—No hi ha res, amo —digué mig decebut el jove.

—Parla amb el pacient. Treu-ne informació.

L'estat del malalt era de semiinconsciència i de fatiga per l'esforç que havia de fer quan respirava, però encara podia parlar. En Marc li demanà amb extrema claredat:

—Que s'ha fixat si les seves deposicions eren obscures, gairebé negres darrerament?

El pacient mogué el cap afirmativament i amb un xiuxiueig li digué que havia anat molt de cos darrerament i que fins i tot havia expulsat sang, roja com el caliu.

Els ulls del jove s'il·luminaren i aviat rascà la pell del pacient amb les ungles. La pell es tallava com si fos una fulla de tardor i, sobre ella, hi hauria pogut dibuixar si hagués volgut.

—Amo, està totalment deshidratat per la diarrea, però no entenc com això li pot afectar el cor —digué i demanà en Marc alhora.

—Hauries d'haver començat per aquí. No he dit res perquè volia que tu sol ho veiessis —s'aturà per alenar i seguí—: L'aigua és la vida! No ho oblidis! Més que el menjar. Si hi ha una manca de líquid considerable, tots els òrgans deixen de funcionar. Els ronyons no treballen, el fetge no neteja i la sang perd la seva qualitat. Amb la deshidratació, la pressió de la sang cau i aquesta pot aturar el cor. Sempre has d'observar la pell en primer lloc perquè és la barrera que ens protegeix de l'exterior i, moltes vegades, ens avisa que alguna cosa no va bé. Sembla que té consciència pròpia.

—Perdoni la meva ignorància, amo —acalà el cap en Marc.

—No ets ignorant. Ets jove, simplement. Però, digues, què has de fer ara? És urgent que actuïs.

—Avellana picada, que talla la diarrea i tanca hemorràgies. Infusions d'ortiga major, que reposa els líquids perduts i millora les secrecions estomacals, i peu de lleó bullit... També ha de beure aigua d'arròs a petites cullerades durant una setmana.

—Has encertat en la medicació, però recorda que si el diagnòstic no és el correcte, la medicació pot fer més mal que bé —sentencià el vell.

En Marc visità el pacient durant una setmana fins que veié que havia superat per complet la diarrea i que començava a menjar sòlids. Li receptà una dieta suau i restringent a base de peix i arròs pastat. Per primer cop, un moro li mostrà la seva gratitud de tot cor i fins i tot li regalà unes monedes.

En Marc tornava cap a cal metge quan passà per davant de la gran porta d'entrada als banys de captius. S'aturà i recordà aquella nit quan era un nen i el deixaren allà en espera d'ésser venut.

Durant aquests dotze anys darrers, no havia pensat en la desgràcia que l'havia portat a terra de moros i poques vegades havia recordat la seva família. La cara de sa mare s'havia convertit en una imatge nebulosa i apagada i no estava del tot segur si, en el decurs del temps i dins la seva memòria, havia fet alguna transformació física que no tenia res a veure amb la realitat. Tal volta no la reconeixeria si la tornés a veure, o, pitjor, ella no el reconeixeria a ell, que ja era un home ben plantat amb mans i espatlles amples, i alt com un pi jove.

També recordà la senyora castellana i es demanà si a la fi hauria tornat a Castella i hauria fet arribar un missatge a la seva família.

Els cants dels precs que envaïen la ciutat des de dalt dels minarets li eren tan familiars que no els prestava gaire atenció, cosa que sí que havia fet durant el seu primer any d'esclau.

Només el turmentava la imatge del pare mercedari que conegué la nit que arribà a Alger. L'advertència que no renegués de la seva fe li havia quedat gravada durant molts anys en el seu cervell d'infant i, de vegades, en somnis, aquesta idea prenia el cos d'una bèstia infernal que el vigilava constantment i arribava al punt d'amenaçar-lo amb espurnes demoníaques si la idea de convertir-se a l'Islam li passava pel cap.

El metge mai no l'obligà a convertir-se. Només li havia demanat silenci durant les cinc pregàries del dia i li féu observar el dejuni durant el mes sagrat del Ramadà.

Als dotze anys, el jove sabia llegir i havia après una mica de ciència i començà a demanar per aquella religió.

El metge, que també era un gran filòsof seguidor d'Avicenna, li ensenyà la religió en els moments de descans i a les nits de fredor d'hivern.

El jove esbrinà que les tres grans religions d'un únic déu: el judaisme, el cristianisme i l'Islam, es basaven en els mateixos fonaments i sorgien del mateix Déu. La principal diferència radicava en els seus profetes. Per a l'Islam, Mahoma era el darrer profeta. Per als jueus, encara no havia arribat, i per als cristians, Jesús havia de tornar.

Aquest fet embullà més el jove i al cap d'un parell d'anys decidí convertir-se a l'Islam. Ningú no l'havia obligat a fer-ho, però el fet que pensés que la seva vida acabaria en aquell lloc i les ganes de convertir-se en un bon metge li feren pensar que si seguia essent cristià, els algerians sempre el tractarien com un esclau.

Un altre factor que el va ajudar a convertir-se fou que sentí moltes històries de gent que canviava de religió d'un dia a l'altre i tornava a la primera al cap de poc temps. Era una qüestió de conveniència, la majoria de vegades.

Però ara, ell resava l'oració cinc vegades cada dia mentre mirava en direcció a la Meca, seguia la prohibició de menjar, beure o prendre medicines durant el novè mes del calendari musulmà i recitava el *Shahada* que era la declaració que no hi ha més Déu que Al·là i que Mahoma era el seu enviat.

Per a ell, com per a tots els musulmans, el mes del Ramadà era de mal passar i la buidor de l'estómac no el deixava treballar. El rosec dels budells buits el despertà de la seva abstracció enfront dels banys i es dirigí corrent cap a ca l'amo.

Quan entrà, observà que el metge mostrava una cara amarga de dolor i ràpidament s'hi apropà. Li tocà el front i veié que tenia una mica de febre. El banyà dins aigua tèbia i li fregà essències d'herbes i olis sobre les articulacions inflamades. Aquells tres darrers anys, la malaltia l'havia fet encorbar de tal manera que, les poques vegades que s'aixecava, no era capaç de mantenir el seu cos en posició vertical i caminava tot mirant el terra. El seu cos i el gran bastó formaven una U capgirada sobre el sòl.

Quan el sol caigué amb rapidesa dins la mar, el jove cuinà una sopa de ceba i hi banyà pa. La donà al vell a la boca perquè les tremolors del moviment de les seves mans feien que la sopa caigués sobre la túnica blanca.

Uns cops secs a la porta desbarataren la feina d'en Marc. Tenia gana i encara no havia pogut menjar. Era normal que durant el Ramadà la gent els visités de nit, però no tan prest. La primera hora de l'horabaixa era quasi sagrada i tothom es dedicava a omplir la panxa i a recuperar les forces perdudes durant el llarg dia.

Es dirigí a la porta i veié que eren dos soldats de l'imam. Aquests li demanaren pel metge, però el jove els explicà el seu estat precari de salut.

—Ens ha d'acompanyar. El mestre espiritual està malalt i requereix els seus serveis urgentment.

El jove no sabia què fer. El seu vell amo no es podia moure i un viatge pels carrers, encara que fos en carruatge, el faria sofrir de debò.

—Amo! —digué amb veu suau, mentre s'apropava a l'orella del vell—. L'imam necessita els seus serveis. Està malalt.

Havent sentit el que en Marc havia dit, el metge s'esforçà a llevar-se; però, quan recolzà la mà sobre el matalàs i va fer força per ajudar-se, un cruixit des de l'interior del seu cos l'obligà a caure a pes de plom sobre el llit altre cop.

No gemegà massa, però en Marc sabia que el mal era intens i que li impedia fer qualsevol moviment. Quan es recuperà i el ritme de la seva respiració es desaccelerà, el metge li digué:

—Vés-hi tu! Ja estàs preparat. Si dubtes, no ho demostris. Torna aquí tot argumentant que necessites medicines especials. M'explicaràs els símptomes i jo t'ajudaré amb el diagnòstic.

En Marc se sentí espantat perquè mai no havia atès un pacient sense estar sota l'atenta mirada del seu amo i mestre. I molt menys havia atès un personatge amb tant de poder com l'imam, que era el cap religiós de la ciutat. Per als musulmans un imam era més que un bisbe per a un cristià.

Però quan veié el mal terrorífic que martiritzava el seu amo, pensà que no li havia de fallar i havia d'afrontar la situació com un vertader metge.

Després de donar-li herbes analgèsiques, el jove preparà una bossa de pell de cabra amb els instruments i les medicines més habituals i que, normalment, servien per a quasi tots els mals. Després, es posà la túnica blanca amb caputxa que li havia regalat el seu amo feia menys d'un mes i es dirigí cap als soldats.

—El mestre no es pot moure. Jo atendré l'imam.

Les cases d'Alger vessaven vida. Els habitants gaudien de les nits durant el Ramadà: bevien i menjaven envoltats dels familiars i amics. En veritat, també era un mes de festa familiar i de pau.

En Marc, assegut al carruatge i amb la bossa d'instruments i medicines col·locada als seus peus, observava els finestrons il·luminats amb llànties d'oli de cremar i intentava veure alguna imatge càlida de gent que s'estimava. Ell només tenia el seu vell amo i, en uns pensaments borrosos i foscos, recordà lleugerament quan era petit i escoltava les històries del seu pare davant el caliu, però sentí un ofec i una opressió a l'estómac quan s'adonà que la imatge més nítida que recordava era la lluentor del caliu. Les cares dels seus éssers estimats s'havien difuminat i no podia destriar les característiques de les seves faccions. Havien passat molts d'anys i ell, llavors, era molt petit.

El palau davant el qual s'havien aturat era blanc com el vori i lluïa sota la lluna rodona, gran i clara d'aquella nit. Estava envoltat d'arbres amb fulles verdes, la qual cosa era estranya perquè la vegetació en aquell indret era mínima.

Dos homes amb grans espases i llances obriren les portes metàl·liques que portaven al pati interior i on diverses fonts esculpides feien que l'aigua brollés contínuament. La melodia del so líquid de les fonts es masclà amb el soroll sec i fort de les passes dels soldats, que retronaven dins el pati.

En pocs segons, arribaren a la cambra on es trobava el mestre de la religió. Ajagut d'esquena, mostrava una panxa prominent i rodona; l'home respirava amb dificultat i s'agitava lleugerament sobre el gran llit envoltat de cortines de colors vius.

—Al·là és l'únic déu i Mahoma és el seu enviat —digué en Marc quan s'hi apropà.

—Al·là és l'únic déu i Mahoma és el seu enviat —contestà l'imam amb síl·labes tallades i amb respiració lenta i ràpida alhora.

—On li fa mal? —demanà en Marc.

—Tot el cos és un infern. El mal comença a l'esquena, exactament sobre les darreres costelles. Fins aquí és suportable, però després s'escampa fins al ventre i arriba a sota... —l'imam s'aturà i rumià la paraula—, fins als genitals —acabà.

—El mal és cíclic? —demanà el jove metge.

—Exacte! A vegades penso que quan ha remès, no tornarà. Però ho fa, i de valent. El procés és el mateix. Comença per darrere i acaba amb un dolor del dimoni a les parts baixes.

—Té nàusees o vòmits?

—Sí, de tant en tant.

—I s'ha fixat en el color de l'orina? —demanà el jove tot suposant la resposta.

—És fosca com l'aigua d'un bassiot enfangat —digué quasi en silenci el malalt, com si es tractés d'un pecat.

En Marc veié el diagnòstic amb claredat. Hi havia una pedra al ronyó i fins que no fos expulsada li causaria un mal espantós.

—Vostra magnificència té un càlcul al ronyó, és a dir, se li ha format una pedra que ha d'expulsar —li digué seriós en Marc.

L'imam se'l mirà amb ulls dubtosos. Desconfiava del diagnòstic ràpid d'aquell jove. A més, la curta edat del metge significava, forçosament, poca experiència. Volia una segona opinió i la volia del metge vell. Pensà uns instants i quan estava disposat a donar l'ordre que portessin el vell, va contraure tot el cos i gemegà de dolor.

—Ara comença a l'esquena —digué mentre estrenyia les dents i suava grans gotes que banyaven els cabells copiosament.

—Porteu aigua bullint en gran quantitat. Hem d'omplir el bany amb aigua que fumegi —cridà el jove metge als servents, que després de veure el seu amo encorbat pel dolor, corregueren pel passadís.

Als deu minuts, aparegué una filera de deu servents en fila i cadascun d'ells carregava, amb cara d'esforç i acalorat, una olla de fang que contenia l'aigua fumejant.

—Aboqueu-la dins la banyera —digué en Marc mentre agafava del braç l'imam per incorporar-lo i ajudar-lo a fer les vint passes per arribar a la banyera de ceràmica acolorida.

Quan hi arribaren, en Marc tocà l'aigua amb la mà i notà que escaldava.

—Afegiu-hi una mica d'aigua freda, però no massa —ordenà altre cop als servents.

Tornà a comprovar la temperatura i aquesta vegada, encara que era més calenta que un dia d'estiu sobre la sorra del desert, veié que era suportable i que no escaldaria la pell del pacient.

—Ha d'aguantar la calentor de l'aigua. Això li alleujarà el mal —digué el jove amb to tranquil·litzador.

L'imam s'hi ficà amb moltes dificultats i al principi gemegà per l'alta temperatura a la qual estava sotmès, però minuts després es calmà i exhalà un so d'alliberació.

—Com es troba? —demanà el metge.

—El mal ha remès. Encara el noto, però és més suportable. Com pot ésser que un bany d'aigua calenta pugui calmar aquest mal tan ferotge?

—La pedra mortifica el ronyó quan aquest treballa. Amb la calor, dilatem una mica l'òrgan i no pateix tant en haver-hi menys pressió.

L'imam es quedà meravellat amb l'explicació del jove que havia aplacat la seva sofrença, i començà a confiar en el seu saber, però en Marc l'advertí:

—No hem solucionat el problema. Només hem aconseguit llevar el mal amb una tècnica simptomàtica.

L'imam l'observà seriós i preocupat i li demanà:

—Doncs, digues, què hem de fer?

—Ha d'expulsar la pedra.

—I com puc fer-ho?

—Orinant —respongué amb brevetat i contundentment en Marc.

El pacient emmudí uns segons, però després li explicà que des que havia començat a tenir dolors quasi no anava a l'excusat.

—No passi ànsia. Li prepararé una medicació que el farà orinar de valent i en pocs dies l'expulsarà. Serà dolorós, però una vegada l'hagi treta, ja no se'n recordarà.

—I quina és aquesta medicació —demanà intrigat l'imam, després de recordar-li que només la podria prendre des que es pongués el sol fins a la seva sortida.

—És molt senzill. Prendrà arrel de cama-roja, que purifica els conductes de l'orina. L'api és diürètic i estronca el mal interior. L'aigua de civada facilita l'eliminació de líquids. L'essència de julivert, obtinguda per la destil·lació de les seves llavors, és antisèptica i també diürètica. I, per acabar, beurà cinc infusions de romaní —el jove s'aturà mentre repassava el poder de les plantes diürètiques, però trobà que ja era suficient. Si seguia tota aquella medicació no deixaria d'orinar en tot el dia, però acabà dient—: Ah, i quan tingui mal, s'ha de submergir en aigua molt calenta, tan calenta com pugui suportar el seu cos, com ja ha vist.

L'imam va somriure complagut i li donà les gràcies. Ordenà als servents que li mostressin la seva gratitud amb unes monedes i li demanà si tornaria l'endemà.

El metge digué que sempre ho feia i que no faltaria. Sortí de la gran sala tot fent al·lusions a Al·là i alguna reverència i arribà al carrer altre cop.

Hauria volgut caminar, però estava preocupat pel seu amo i no declinà la invitació a ésser acompanyat pel carruatge estirat pels cavalls blancs andalusos.

Quan arribà a la casa de l'amo, veié que el vell dormia i pensà que allò era una sort. El tapà amb un llençol i l'observà.

Es demanà si havia estat la providència de Déu o Al·là el que l'havia portat fins aquell home savi que tant li havia ensenyat. Amb el temps, s'havia adonat que el que més li importava era la medicina i que no era tan desgraciat. Què hauria fet si no hagués estat captivat per en Mohamed? Segurament hauria seguit les passes del seu pare i s'hauria passat la resta de la seva vida en la solitud de la costa, preparant les fogueres per fer senyals de perill i pentinant l'horitzó buscant veles misterioses que quasi mai no apareixien. Potser no sabria llegir i, ni de molt enfora, coneixeria l'anatomia humana i els seus òrgans, els músculs, les venes i les artèries. Era un esclau, però un esclau savi i útil, que potser aviat seria respectat.

El vell metge no havia estat un pare per a ell, però tampoc havia estat un tirà que l'explotés amb una feina que no reportava res, cosa que sí que passava a Mallorca, on els senyors nobles abusaven de la necessitat dels pobres i els feien treballar de sol a sol per enriquir-se tot pagant-los uns salaris que no eren suficients per omplir els estómacs famèlics d'una família humil.

El metge havia estat un mestre per a ell, exigent la majoria de vegades amb la feina i amb l'estudi. Mai no havia demostrat tendresa cap al jove, però sí la confiança d'un mestre cap a un alumne avantatjat, i això omplia de joia en Marc i l'encoratjava a aprendre més i més.

Uns gemecs apagats l'alertaren. El vell metge intentava moure's, però no ho aconseguia. La seva respiració era atípica i pesada i en Marc s'hi acostà per escoltar-li el cor.

Amb un pergamí de papir va fer una trompeta i la col·locà sobre el pit del seu mestre. Després, recolzà l'orella dreta sobre l'altre extrem i escoltà els pulmons.

S'alarmà quan sentí el soroll líquid que ocupava la meitat dreta del pulmó esquerre. L'afecció era enorme i havia estat molt ràpida a estendre's. Tocà el front del vell metge, que bullia.

Amb extrema rapidesa, li banyà el cap amb aigua freda, tot posant-li compreses humides. Li alleujà les robes i preparà les herbes contra les febres, especialment la sàlvia. També preparà un xarop de cardot sant, que sanava les ferides dels pulmons.

Vetllà el seu amo i, al cap de mitja hora, la temperatura baixà i la respiració recuperà un ritme més pausat. El jove, esgotat, deixà caure les parpelles inconscientment i s'adormí.

El cant de la pregària envaí la ciutat quan les primeres clarors de l'alba cobriren Alger i en Marc es mogué, encara cansat, sobre la catifa, però una veu dins la llunyania el desvetllà.

—Porta'm el cofre dels papers!

Era la veu esmorteïda del metge que, negat dins la seva pròpia suor, demanà el seu darrer desig.

Un nou sol

Era el darrer dia del Ramadà i la gent ho celebrava amb càntics religiosos. La quaresma musulmana acabava i l'endemà la vida seguiria el seu pas quotidià. Les menges tornarien a omplir les taules durant el dia i es recobrarien els horaris dels àpats altre cop.

Però per a en Marc tot havia canviat. S'havia d'enfrontar a una nova vida sol. El seu amo l'havia deixat feia quatre dies. L'afecció als pulmons, afegida a la seva malaltia a les articulacions i al seu estat envellit, l'havia portat sense remei a la mort aquella matinada en què el jove metge havia curat l'imam amb èxit.

Els sentiments del jove tiraven cap a costats oposats perquè, per una banda, se sentia sol i enyorava el seu mestre, però, per altra banda, la vida li havia ofert una oportunitat que pocs esclaus podien somiar.

El darrer desig del vell metge fou obrir l'antic cofre de fusta i treure'n uns papers amb segells oficials on testimoniava les seves darreres dues voluntats: donar a en

Marc el títol d'home lliure i fer-lo hereu de la seva propietat i tot el que contenia.

El vell, fent un esforç abans de morir, li explicà que mai no l'havia tractat com un esclau perquè en realitat no l'havia comprat.

En Mohamed l'hi havia cedit sota la condició que havia d'ésser educat dins la ciència de la medicina si hi mostrava habilitats.

A causa de tots aquests secrets desvetllats, especialment de la sorpresa de saber que aquell pirata s'havia convertit en el seu protector, el jove metge no es trobava centrat i no podia pensar en el seu futur, tot i que hi havia una idea que li rondava pel cap: conèixer una mica de món.

Des del moment de la mort del vell metge, en Marc no havia sortit gaire de la casa. Tan sols havia visitat l'imam, tal com havia promès, i havia fet alguna cura a algun ciutadà d'Alger.

Ara caminava amb peus lleugers cap al palau del senyor de la religió per veure si la maleïda pedra havia estat expulsada.

—Com es troba, avui? —demanà amb una reverència.

—Bé. Ara em trobo perfectament. Però he passat una nit ferotge, especialment quan he anat a orinar. Per cert, l'orina era vermellenca —digué amb ulls interrogatius.

—Segurament ja ha expulsat la pedra. El color vermell és a causa dels petits talls que aquesta fa al conducte urinari. Ha guardat l'orina dins l'orinal?

—És clar. Així ho digueres, no?

En Marc colà l'orina tenyida de sang amb una tela i allà aparegué la pedra.

—Aquí té la causa dels seus mals —explicà el jove.

—Vols dir? Això tan petit que sembla un gra de sorra, això tan menut pot arribar a enterbolir la ment del mal que produeix? —demanà incrèdul.

—Pot arribar a fer-se més gran si no es fa un règim diürètic. En aquest cas és molt difícil expulsar-la i el pacient pot morir.

—I tu, com ho sabies que era petita?

El jove s'aturà uns instants per pensar el que havia de dir, però al final tan sols digué:

—No ho sabia, però no hi havia altre cosa a fer i no l'havia d'espantar. El que ha de fer ara és beure més líquid i així evitarà que torni a passar. Com a mínim ha de beure vuit gots d'aigua diaris.

L'imam se sentí agraït de tot cor, però també sentia curiositat per aquell jove descendent de cristians.

—Com puc agrair-te el que has fet per mi? —demanà l'home savi de la religió.

—No m'ha d'agrair res. Els servents ja m'han pagat els meus honoraris —en Marc s'aturà mentre li escrivia en un pergamí les infusions que havia de beure i la freqüència amb què ho havia de fer—. La meva feina és atendre tot malalt.

—Sé que el metge vell és mort i que ets un home lliure. Podria ajudar-te d'alguna manera? Suposo que deu ésser difícil començar a exercir de metge tan jove. Jo mateix vaig dubtar de la teva saviesa el primer dia que vingueres.

—Li agraeixo el seu interès, però simplement vull seguir la tasca del meu mestre. Hi ha molta gent pobra que necessita els serveis d'un metge.

—Però és una llàstima! Amb el temps series un gran metge. Jo podria enviar-te a Istanbul. Allà hi ha una de les millors escoles de metges. La teva formació seria excel·lent.

El jove es quedà aturat. No entrava dins els seus plans viatjar a Turquia, el centre de l'Imperi otomà. Havia sentit a parlar dels metges d'aquell país i sabia que seguir els estudis en una escola d'allà era una oportunitat que no podia perdre.

—No hi ha pressa. Pensa-t'ho —digué l'imam.

El jove Marc sortí del palau després d'acomiadar-se i d'haver promès que s'ho rumiaria detingudament perquè en aquell moment no podia prendre cap decisió. Els fets de la darrera setmana s'havien amuntegat de manera vertiginosa i, davant seu, hi havia molts de possibles camins a seguir.

Passejà per la ciutat sense presses i amb la ment en blanc. No volia pensar perquè fer-ho l'alterava profundament. Per començar, buscava unes arrels que havia perdut de nen. Tornar a Mallorca seria més difícil que altra cosa. Es demanava què hi trobaria allà, com el tractarien i si l'acceptarien després d'haver viscut tants anys com un vertader musulmà. No recordava els costums dels seus ascendents. De fet, s'adonà que feia anys que no havia parlat la seva llengua materna i que ni tan sols era la llengua amb què pensava. Havia d'esforçar-se a traduir si volia parlar-hi i l'entonació i la musicalitat sonaven estranyes.

Arribà al gran port d'Alger i mirà els vaixells. No havia pujat en un vaixell des del dia que tocà terra de moros. Eren majestuosos. Les veles eren fermades a les entenes que creuaven els pals.

En una drassana, hi havia esclaus famèlics que embetumaven el casc d'una galera corsària; d'altres fregaven els rems que descansaven fins que la propera estació de l'any anunciés que una nova temporada de saqueigs i batalles començava.

El seu mestre havia tractat molts de ferits de batalla que arribaven a Alger amb la nau quasi enfonsada. Les ferides eren, normalment, talls greus o impactes de bales. Pocs en sortien vius, i d'aquells, a la majoria se'ls havia d'amputar un braç o una cama.

Viatjar per mar el turmentava. La mar era sinònim de captivitat, desgràcia i mort. Seguí caminant pels carrers sinuosos tot deixant enrere el port. Recorregué durant una hora carrers que semblaven un laberint fins que s'adonà que no coneixia aquella part de la ciutat. S'aturà a pensar com podia tornar a casa seva perquè en poc temps es faria fosc, però la veu d'un nen l'interrompé.

—Metge, senyor metge. Vingui, vingui de pressa!

En Marc es mirà la túnica que delatava la seva professió.

—Vingui, de pressa! —el nen li agafà la mà.

—Què passa? —demanà el metge.

—El meu avi està molt malament.

Entraren dins una casa petita i poc airejada, les parets de la qual mostraven que era vella i molt humil.

Uns alens pesats traspassaven una cortina foradada que feia de separació entre el menjador i una cambra. El malalt era dintre.

El petit finestró de la cambra no deixava entrar la poca claror de la fi del dia i el metge demanà una llàntia per poder examinar el pacient. Mentrestant, començà l'exploració i palpà l'abdomen del vell. Després li escoltà el pit i notà un so estrany als pulmons, però encara trobà més alarmant el so del cor. Semblava que no volia treballar perquè les palpitacions eren irregulars.

El nen entrà amb la llàntia i tota la cambra s'enllumenà. El metge l'agafà per observar el color dels ulls i de la pell del vell, però aviat veié que la seva malaltia era la vellesa i que poca cosa hi podria fer.

Els cabells llargs i grisos de l'home li tapaven el rostre i en Marc hagué d'apartar-los amb la mà lliure. Quan la cara fou descoberta, el cor del metge es glaçà i de la seva boca sortí:

—Mohamed!

El vell mig obrí els ulls i mirà el metge amb cara extenuada. No l'havia reconegut.

—Mohamed! Sóc jo! No em recordes? —demanà el jove amb una veu tremolosa.

El vell pirata exclamà, mentre un somriure natural li esborrava el patiment reflectit a la cara:

—Rupit!

Una llàgrima rodolà per la cara arrugada del vell Mohamed quan veié el seu protegit. S'havia convertit en un home, més encara, era un home savi que havia après la ciència de la medicina. No era un esclau indesitjable a qui la gent podia escopir com si fos un ca abandonat que malvivia als carrers.

En Marc, quan veié l'emoció profunda que la seva visió li havia produït, va tranquil·litzar-lo perquè sabia que el seu cor vell no estava llest per rebre sorpreses i li digué:

—Has de calmar-te. No pots fer que el teu cor pateixi encara que sigui per alegries. M'has de fer cas.

—Ja sé que ets metge i suposo que ja has vist que la meva única malaltia és la vellesa, per a la qual cosa no crec que hagis trobat encara un remei —digué el vell amb un somriure apagat per la fatiga.

—Tens raó —sentencià el jove mentre li mullava la cara amb un mocador humit.

En Marc escoltà el pit de l'home amb un pergamí enrotllat i veié que també tenia els pulmons carregats de líquid. Dins ell s'entristí perquè s'adonà que aquell pirata tenia els dies comptats.

Li parlà per calmar-lo. Li contà quantes coses havia après amb el vell metge i també li relatà les seves darreres cures, fins i tot, la de l'imam, però en Mohamed tancà els ulls i s'adormí. La seva respiració retrobà un ritme més pausat.

En Marc sortí de la casa per anar a cercar herbes que fessin els darrers dies d'en Mohamed menys dolents de passar. També era hora de tornar a la casa i comprovar que cap altre pacient requeria els seus serveis.

A trenc d'alba, una dona coberta per un vel de colors aparegué a la consulta del metge. Estava tensa perquè el seu fill s'havia esclafat un dit ara feia dos dies. La mare entrà a la primera cambra i li explicà que, al principi, no li havia donat massa importància, perquè semblava una ferida que es curaria sola, però les coses empitjoraven i el nen, d'uns cinc anys, es queixava d'un gran dolor.

El metge, després d'escoltar la mare, assegué el nen en una cadira que tenia quasi al centre de la cambra i desembenà el dit ferit, que la mare li havia tapat.

El petit dit semblava que estava a punt de rebentar. Era dues vegades més gruixut que els altres i tenia un color fosc que va preocupar en Marc profundament.

—Per què heu esperat tant? —demanà molest el metge.

—Pensava que no estava tan malament —digué la mare amb el cap baix i fent saber que era conscient que no havia obrat bé.

—El dit està infectat i no sé fins on arriben els mals humors. Ho he d'esbrinar aviat o… —el jove metge s'aturà quan veié que el nen escoltava.

Però la mare saltà i digué:

—No, per favor, no digui que li ha de tallar el dit. És molt petit! —rompé a plorar.

—Si els humors han arribat a l'os, això serà inevitable, però ara calli, si us plau. He de treballar. Si no pot aguantar-se, surti a fora i esperi —digué en Marc amb cara seriosa.

La mare callà i es posà la mà davant la boca, tal com si fes un esforç per restar en silenci, però no va sortir de la cambra.

En Marc estirà el nen sobre la taula i li allargà el braç. Li digué que no passava res i que no s'havia de moure gens.

Apropà aigua calenta i desfermà el drap que envoltava el material quirúrgic. Agafà un escalpel petit molt afilat i el netejà dins l'aigua que bullia i amb vinagre calent. Tot seguit practicà una petita incisió al dit i un líquid marronenc sortí disparat enlaire. El nen féu un crit d'espant, però no plorà.

—Escolta, valent —digué en Marc amb to pausat i segur—. Ara et faré una mica de mal. No hi ha altre remei. He d'aixecar aquesta pell per traure el pus que hi tens a sota i veure fins on arriba aquest mal. Seré ràpid, però has d'aguantar i no t'has de moure gens. Si ho fas, podria fer-te més mal.

Després li digué a la mare que subjectés el seu fill i que el fes mirar a l'altre costat.

Amb unes pinces, aixecà la pell que cobria el pus i tallà la pell morta per alliberar tota la brutícia. El nen cridà de mal, però tampoc no plorà. Tot seguit, amb un drap que va treure de la cassola que bullia, va netejar la ferida i li aplicà una medicina feta per ell mateix que consistia en un picat de ceba, all, fulla d'olivera i romaní, que era el millor tractament que coneixia contra aquestes afeccions de pus.

Després protegí el dit amb benes netes i donà l'ordre a la mare que havien de tornar l'endemà per veure'n l'evolució.

La mare li demanà si es curaria i el metge li digué que havien d'esperar i que era important que el nen no toqués res perquè ara la ferida era oberta per poder drenar el pus. Ara bé, si s'embrutava, el remei seria pitjor i la infecció augmentaria per tota la mà.

Donà uns copets a l'esquena del nen, tot felicitant-lo per la valentia que havia demostrat, i el menut sortí de cal metge estirat com un espàrrec verd, disposat a tornar l'endemà i a seguir les ordres del metge sobre la higiene.

Aquell matí, tot i pensar en el seu protector, en Mohamed, va estar molt ocupat i no es pogué distraure en pensaments del seu passat i del seu futur, perquè tan aviat com el nen i la mare hagueren sortit, aparegué un home que semblava un espectre: les bosses blaves que queien dels seus ulls i la mirada perduda, que vagava per la cambra mentre articulava paraules quasi mudes i sense massa sentit, feren veure al metge que aquell pacient patia alguna malaltia de l'esperit que també es reflectia en el cos.

—No puc dormir! —cridà quasi plorant l'home desconsolat.

—I per què no pot dormir? No pot dormir o és que es desperta sovint?

L'home rumià mentre mirava el cel ras fet de maons de fang i arena, però després d'uns segons digué:

—Em desperto més de vuit vegades durant la nit.

—I per què es desperta? Què fa quan es desperta?

—No estic segur de si he tancat les finestres i les portes —el pacient s'aturà i mirà el metge amb cara de no entendre els seus actes—. Sé que les he tancades, però necessito tornar a comprovar que estan ben tancades. És un malson perquè no passa una sola vegada. És ridícul, però l'ànsia no em deixa tancar els ulls. Faig un esforç per oblidar-me de l'assumpte, però al cap d'una hora, quan he caigut dormit, em torno a despertar neguitós.

—Hi ha algú que li vulgui fer mal? Això explicaria els seus temors —digué el metge tranquil.

—No, que jo sàpiga. Tinc un lloc al mercat i allà hi venc verdures i altres queviures. Mai no he tingut cap problema seriós i tots els meus clients em coneixen bé. No, no crec que tingui cap enemic.

En Marc sabia que el mal que aquell home patia era amagat dins el seu cervell i que treure el seu origen era una tasca àrdua i difícil perquè els secrets de la ment eren un misteri. L'únic que ell podia fer era prescriure-li un xarop d'herbes tranquil·litzadores i relaxants que eren amigues de la son, però no estava preparat per arribar al fons de la qüestió.

—Ha de prendre aquest xarop de belladona, margarida i valeriana una hora abans d'anar al llit. L'ajudarà a descansar, ah… i el sopar ha d'ésser lleuger. Les digestions pesades destorben la son.

—Em curaré així? —demanà l'home.

—No —digué el jove mentre el mirava fixament—. No puc curar el que destorba la ment. Només puc estimular la son. Si vol curar-se, haurà d'anar al guaridor d'ànimes.

—Al guaridor d'ànimes? Jo no estic boig! —alçà la veu el pacient, a qui l'afirmació havia molestat.

—El guaridor d'ànimes no només tracta la bogeria. La seva tasca és curar la destemprança de l'ànima i l'esperit i vós necessiteu la seva ajuda.

L'home no digué res i partí amb cara de pocs amics sense demanar quina era la minuta del metge, però en Marc no digué res perquè entenia que el pacient es trobava en un estat que no el deixava actuar amb voluntat pròpia.

Quan arribà el migdia, sortí afanyat cap a cal seu protector amb l'esperança de trobar-lo viu.

Recorregué els carrers com si el dimoni li anés al darrere i fins i tot aixecava pols de sota les sandàlies d'espart.

La gent se'l mirava tot demanant-se si hi havia hagut un accident i urgia la presència d'un metge.

Quan arribà a la cambra d'en Mohamed, notà que l'aire que corria era pur i la mala flaire de la nit anterior havia desaparegut.

—Bon dia, Mohamed!

—Bon dia, amic meu —digué el vell amb cara més saludable.

—He portat aquestes herbes que tonificaran el teu cos i alleugeriran el pes del teu cor.

En Mohamed somrigué complagut i li demanà que li expliqués de què es tractava: volia escoltar les paraules sàvies del seu petit esclau.

—Aquesta bossa conté pols de cardot sant per fer tisanes i t'ajudarà a respirar millor perquè actua en els pulmons. Després has de prendre aquest xarop, que és un extracte de l'herba de l'escorpí i de l'herba de l'oreneta, que són tònics per al cor.

—Impressionant! —digué el vell pirata—. Em fas sentir orgullós.

El jove somrigué tot complagut en veure que havia impressionat el vell. En el fons, tot li devia a ell.

Passà la tarda en aquella llar, devora el llit del pirata, i li contà la seva història des del dia que entrà a servir el vell metge. D'altra banda, en Mohamed li explicà que havia navegat uns anys més, però la seva gran panxa i els ossos vells l'havien obligat a viure a ca un dels seus fills perquè les seves mullers havien mort feia anys.

Quan el sol s'havia amagat, el metge anuncià que havia de partir perquè havia estat absent del seu dispensari massa estona i potser algú l'esperava impacient. Li prometé que tornaria aviat i li donà la mà.

El vell l'agafà:

—Espera un instant. He de dir-te una cosa —s'aturà per respirar i la seva cara prengué una expressió seriosa—. Durant aquests anys he pensat molt en tu. Al principi em vaig sentir molt culpable per haver-te privat de créixer envoltat per la teva família. Pensava que si li hagués passat el mateix a un fill meu, m'hauria tornat boig de pena i amargura. Però amb el temps, i més ara que veig que t'has convertit en un metge, la culpabilitat per haver-te fet reu ha marxat.

—Em trobo bé. No t'amoïnis —digué en Marc—. No recordo gairebé res de la meva família.

—No. No és això el que em turmenta. Això està superat de fa estona. El fet és —dubtà el pirata—... que vaig mentir-te.

—No sé de què parles ni a què et refereixes, Mohamed. Explica't.

—El dia que et vam captivar, recordes?

—Vagament. Tot són bubotes.

—Recordes el tro d'arcabús que sentires?

—No. Bé, ara que ho dius, sí. Recordo que em disparàreu.

—No.

—Com?

—No et disparàrem a tu. Era a una altra persona.

La cara d'en Marc es transformà i les imatges d'aquell dia li retornaren al cervell com si les hi fessin empassar amb un embut. Veié perfectament la cara del seu pare i sentí les seves paraules que li deien que havia de córrer al poble i avisar del perill. Després sentí les punxades de les pedres de la muntanya que es clavaven a la sola de les sabates quan botava pel caminoi i per acabar sentí el tret de l'arcabús dins la seva ment.

—Segueix parlant —digué el jove, seriós.

—Aquell traïdor sabia on s'amagava el talaier i allà l'esperaven quan va arribar.

El silenci va envair la cambra mentre ambdós es miraven fixament. Els fantasmes del passat retornaren i en Marc sentí un buit dins l'estómac mentre digué:

—Vau matar mon pare!

—Jo no —digué en Mohamed, extenuat per la conversa.

—No! —cridà el jove amb cara agreujada i abandonà la casa amb més presses que quan hi havia arribat.

Les imatges de tants anys enrere eren tan vives que semblava que tot havia passat la nit anterior.

Plorava com va plorar quan es trobà sol dins la galera amb el peu ferit i espantat per un futur incert. La cara de sa mare, que amb el temps s'havia diluït, tornà fresca i viva a la seva memòria, i les cançons que li cantava sonaren mesclades amb les melodies àrabs que se sentien als carrers de la ciutat d'Alger.

En aquell moment, odià en Mohamed amb tanta ràbia que desitjà la seva mort perquè se sentia enganyat.

El pobre vell pirata no havia tingut temps d'explicar-li les raons per les quals li havia mentit i de fer-li veure que a vegades, quan no s'hi pot fer res, és millor no saber el que realment succeeix.

Les passes inconscients d'en Marc el portaren al port i allà s'assegué sobre un mur del port i observà els vaixells.

Sentí el desig de fugir. No sabia on, però havia de fugir i l'única manera era en un d'aquells vaixells.

La galera

La galera tenia dos pals. Més a popa, s'aixecava el pal major, i el de messana era més a proa, cadascun creuat per una entena amb la vela triangular aferrada a ella.

Eren veles petites en proporció a l'eslora del vaixell i només es desplegaven quan el vent era considerable i portava, és a dir, quan la direcció del vent feia possible seguir el rumb establert sense haver de fer maniobres que feien el camí més llarg.

El vertader motor de la galera eren els rems, o més ben dit, els esclaus que els movien a cops de fuet.

El sol s'amagava pel costat de babord i l'illa d'Alger quedava a estribord. La fortalesa que hi havia edificada ajudà el jove metge a recordar, anys enrere, aquell dia que arribà captiu a terra de moros i el pirata Mohamed la hi mostrà.

No pogué evitar pensar en el seu protector.

Havia mort, ara feia quatre mesos, del cor i d'un mal pulmonar que patia des de feia temps. La humitat d'Alger i el fred de l'hivern no li havien permès recuperar-se i la vellesa del mariner va ésser aliada de la cruesa de l'estació.

Durant dos mesos, el metge havia visitat el seu vell amic i la tibantor de la conversa que havien tingut la nit que el jove descobrí que el seu pare havia estat mort pels pirates s'havia anat calmant i afluixant.

En Mohamed havia tingut ocasió d'explicar-li els motius pels quals li havia mentit i el jove, amb el temps, comprengué que ell hauria actuat de la mateixa forma. Per tant, no hi havia lloc per al rancor.

Tot i això, des d'aquell moment, el jove havia canviat. No es trobava bé a Alger i volia anar-se'n. Potser, inconscientment, se sentia culpable de no haver ajudat el seu pare aquell dia a la talaia. Potser se sentia un titella de la fortuna i no sabia bé qui movia les cordes dels seus actes.

Havia perdonat la mentida d'en Mohamed, però tenia set de revenja: es volia venjar d'aquell home que els havia traït i que havia portat els moros a dalt de la muntanya perquè matessin el seu pare. Segurament, no volia deixar cap pista de la seva traïció i aprofità l'odi dels pirates pels vigilants de les costes per acabar amb qualsevol que el pogués delatar.

En Marc intentà recordar qui podia ésser aquell personatge, però no pogué. Ja li era difícil fer memòria dels seus germans i la seva mare; per tant, era gairebé impossible intentar recordar les fesomies de la gent de la vila, si era que aquell bergant era de l'illa.

L'únic que sabia d'aquell personatge era que li mancava un dit, exactament el dit petit de la mà esquerra.

El dit amputat i una edat aproximada, cap als cinquanta en aquell moment, era l'únic que pogué treure del moribund pirata. No recordava res més del traïdor.

Pensar en el traïdor de la vila destorbava profundament la seva ment i féu un esforç per no capficar-s'hi. Llegia molt quan l'estat de la mar li ho permetia, perquè quan l'estopeig remenava la galera amb sacsejades violentes, s'havia d'aferrar a l'orla de la banda de sotavent de la galera per buidar la panxa i així calmar les nàusees que el mareig mariner li produïa.

Els mariners el respectaven perquè era metge i sabien que en alguna ocasió no desitjada podrien necessitar els seus serveis i la seva saviesa, però no podien evitar riure quan el veien, amb la cara desencaixada, mentre buidava l'estómac i arribava, fins i tot, a escopir un líquid groguenc quan tot el sòlid de la panxa havia estat expulsat. Els remeis de l'alfabreguera contra els vòmits i el julivert contra el mareig eren inútils.

Era motiu de burla també perquè havia après a distingir sobrevent de sotavent en moments poc idonis per aprendre a navegar, és a dir, quan les onades rompien en el buc i tothom, després d'assegurar la nau, buscava un indret que el protegís del polsim de les onades. Ell no es protegia. Cercava la banda i s'hi aferrava. La primera vegada vomità cap al vent, i tot el que havia vomitat caigué sobre la seva mateixa roba. La veu d'un pirata major, que li recordava en Mohamed, li digué:

—Has d'aprendre a escopir, pixar i fer el que fas a la banda de sotavent. El vent s'emportarà el que treus!

La segona vegada, ja es col·locà sota les veles inflades i no es mullà, però les veus malicioses, encara que no malintencionades, cridaven:

—S'està convertint en un bon mariner aquest home de ciència! Ja ha après on és sotavent! —i reien desmesuradament.

Però totes aquestes burles no l'afectaven. En primer lloc, perquè en aquell moment d'impotència implorava a Al·là que aturés el seu turment i no podia parar atenció a cap altra cosa que al seu estat patètic i, en segon lloc, perquè quan la mar li ho permetia, tenia converses agradables amb els pirates, que li contaven batalles i també històries d'amor, de les quals gaudia amb profunditat perquè tot aquell món li era aliè. S'havia fet gran al costat del seu amo i mestre i coneixia bé el cos dels homes i de les dones, però des del punt de vista científic, i no des d'una perspectiva eròtica i sensual. Per tant, quan sentia aquelles històries, parava un pam d'orelles i intentava imaginar-se com devien ésser aquells plaers de la carn que tant delectaven els homes de la tripulació.

A la galera, hi havia un altre fet que el destorbava, però d'una altra manera, i que l'obligava a fer-se el sord o, almenys, a intentar no percebre'l, tot i que era impossible.

Mai no havia baixat a la sotacoberta on hi havia els remers. Temia haver-se d'enfrontar al fet de veure homes de la seva raça i, potser, del seu poble amarrats amb cadenes a les argolles clavades a les taules de la galera. Mal nodrits i malalts, ferits i, sobretot, morts d'esperit.

Era metge i el seu ofici era curar i vetllar per la salut de qualsevol persona. La mort era el seu enemic i sabia que trobar-se amb l'espectacle dantesc dels esclaus li produiria un estat de tristor i d'impotència, perquè, entre altres vexacions innombrables, els remers no tenien dret a ésser atesos per un metge. Quan un no servia, se'l llençava a la mar sense cap contemplació.

Però arribà el dia que s'hagué d'encarar amb el seu destí i tenir la primera disputa amb el capità de la nau.

Els gemecs apagats d'un esclau el despertaren. Tot seguit els insults violents d'una colla de tripulants l'alertaren del que estava a punt de succeir i, amb la camisa llarga de dormir, s'aixecà del petit caixó, que anomenaven llitera, on dormia, disposat a esbrinar què passava exactament.

Les clarors apagades d'una nova alba a punt de néixer el situaren en el moment del dia i sentí que la fredor humida de la mar li penetrava els ossos. S'abrigà entre els seus propis braços i es dirigí cap al grup d'homes que armaven escàndol mentre feien un cercle que envoltava un cos.

El cos era, evidentment, un esclau remer fatigat que murmurava, dins un estat d'angoixa, paraules incomprensibles.

El jove metge accelerà el seu pas per veure si hi podia fer res, però els pirates no el deixaren entrar dins el rotllo.

—Deixeu-me passar! Aquest home necessita atenció! —cridà el metge.

Els mariners se'l miraren astorats i un d'ells digué:

—És un esclau infidel que ja no serveix per a la seva tasca! Ens n'hem de desfer! No val la ració d'aigua i galeta que malgasta, i molt menys la de vinagre!

En Marc, atònit, sentí un atac de còlera i amb els braços s'obrí pas entre els homes que envoltaven el moribund. S'agenollà i l'observà.

Veié que la pell aferrada als ossos era resseca i esquarterada. Les òrbites dels ulls semblaven desmesurades. Però no eren els ulls que exageraven les òrbites, sinó que eren els pòmuls de la cara, que sobresortien grotescament per la manca de nutrició.

El jove pensà que devia ésser massa tard i que era probable que la deshidratació hagués afectat greument els òrgans vitals: els ronyons i el fetge no devien treballar adequadament i el cos s'estava emmetzinant a passes gegantines.

—Aigua! Porteu aigua! —cridà desesperat el metge en un darrer intent d'evitar el que ja no es podia evitar.

Ningú no mogué un pèl del cos, i el jove, sense poder entendre aquella situació, tornà a cridar:

—He dit que porteu aigua! Aquest home està deshidratat!

N'havent repetit les ordres, aparegué el capità i demanà explicacions al contramestre, que es trobava entre els homes que envoltaven el remer.

El contramestre, simplement, assenyalà l'esclau i li digué que ja no podia remar per molt que el fustiguessin amb el fuet.

El capità no mirà l'esclau i mentre es girava per tornar a la seva cabina, digué:

—Llenceu-lo per la borda ara mateix.

En Marc mirà, desconsolat, l'esclau i li agafà la mà mentre seguia murmurant paraules estranyes empeses amb el poc aire que l'infeliç expulsava.

Li semblà entendre un so apagat que sonava molt llunyà i atansà l'orella a la boca del moribund, de la qual pogué captar:

—Ma mare…, ma mare, on sou?

El captiu obrí els ulls i féu un darrer alè profund, a la vegada que aferrà la mà del jove metge, tot deixant-la morir mentre expirava.

En Marc no deixà d'observar-lo ni de prémer la seva mà fins que notà que la fredor del cos s'igualava a la fredor de la matinada, lentament. I donà gràcies a Déu perquè aquell home hagués mort abans d'ésser llençat a les fredes aigües obscures de la mar.

S'aixecà de sobre les taules de coberta com si fos un home vell i, sense esperit, retornà a l'interior del vaixell arrossegant les sandàlies, que li pesaven com si haguessin xuclat mig Mediterrani.

Abans d'obrir la porta de la cabina central, sentí el so d'un pes mort que xocava contra l'aigua. S'aturà, però no es girà per veure l'escena.

Aquell dia romangué tancat dins la seva cabina, que compartia amb dos oficials. No sortí a menjar. No tenia gana. Els budells de la panxa se li embullaven com els caps de les drisses i de les escotes tot formant cercles de cordell impossibles d'aclarir, i l'estrangulaven per dintre perquè pensava en el que podia haver estat la seva sort anys enrere.

Potser l'edat l'hauria salvat d'anar a galeres, perquè quan va ésser captivat era molt jovenet. En aquella terra de moros, els nens i les nenes eren normalment utilitzats com a servents de cases riques, i allà una de les tasques era convertir-los a la religió de l'Islam.

Però, per mil altres raons, podria haver acabat a galeres: un amo tirà, una disputa nímia i una mala mirada podien capgirar el destí d'un home.

No entenia com les persones podien ésser tractades pitjor que els animals, i l'exemple d'això es podia veure dins el vaixell, perquè les gallines, els cabrits i altres animals que es destinaven a l'alimentació de la tripulació menjaven i bevien millor que els esclaus.

Cap a l'horabaixa d'aquell dia cru, el contramestre picà a la petita porta que tancava la cabina del metge amb energia i seguretat.

—El capità vol parlar amb tu!

En Marc també volia parlar amb ell i dir-li que allò no eren formes humanes de tractar les persones i de seguida s'aixecà i seguí el contramestre.

Quan arribaren a la cabina de comandament, el feren esperar una llarga estona dret davant de la porta, fins que un mariner el féu passar.

El capità era assegut darrere una gran taula plena de cartes, sobre les quals hi havia aparells estranys de navegació per conèixer l'altura dels astres i d'altres per esbrinar-ne l'azimut.

Mitja dotzena de rellotges envoltaven la figura esvelta del capità.

—Quedes arrestat dins la teva cabina fins que arribem a l'illa de Rodes —digué amb veu greu el capità i, després d'uns segons, prosseguí—: Tens molta sort. Si no fos per l'imam, que em demanà que et portés en el meu vaixell i que vetllés per tu, t'hauria fet fuetejar deu cops al pal major, i potser hauries ocupat el lloc de l'esclau mort durant uns dies.

En Marc restà callat. No havia pensat que el capità pogués actuar d'aquella manera. En principi, havia volgut parlar amb ell i explicar-li que amb una mica més d'aigua, vinagre i farina, els remers estarien més sans i que això seria positiu per a ell mateix perquè podrien vogar amb més força. Però ara tot s'havia capgirat i el jove metge pensà que era millor no dir res i acceptar l'arrest perquè la mirada del capità amagava un sentiment de menyspreu cap a ell, la qual cosa en Marc havia notat des que s'embarcà, tot i que no havia donat importància al fet perquè pensava que portar un passatger incomodava els homes de la guerra. Però no era això. El capità odiava qualsevol que tingués un passat cristià.

Com a bon capità, s'havia informat de qui era aquell subjecte que havia d'embarcar abans d'amollar amarres.

Coneixia el seu passat des que va arribar a Alger. No veia un perill en el jove, però tampoc no hi confiava. Sabia que els esclaus, per molt joves que fossin quan havien estat captivats, guardaven un sentiment de revenja dins el seu cor.

Ho sabia bé perquè ell havia estat esclau d'una galera cristiana quan era més jove.

—Sé qui ets i no em refio de tu! —acabà dient el capità mentre estrenyia les dents—. Ara no vull veure't més fins que arribem a port.

En Marc sortí de la cabina de comandament i es dirigí a la seva. Abans d'entrar, mirà el cel estrellat i respirà aire fresc. Mancava una setmana per arribar i, a partir d'ara, només respiraria l'aire viciat de l'interior de la galera.

Dos dies de penombra i de respirar la humitat sòlida de la fusta del vaixell el feren emmalaltir. Res no podia romandre dins el seu estómac sense ballar de banda a banda, fins que de tant ésser sacsejat necessitava sortir a pressió per alliberar-se. I així ho feia. En Marc vomitava volta darrere volta, sense poder retenir el mínim de líquid indispensable per al cos.

El jove metge no era conscient de la seva deshidratació perquè havia perdut la noció del temps i de l'espai, però sí que se n'adonà un oficial jove que compartia la cabina amb ell i amb les restes de menjar i líquids mig digerits. El jove es deia Al-Saim i volgué informar el capità de l'estat preocupant del viatger presoner.

El capità ordenà que el portessin a coberta i allà el deixaren amarrat al pal de messana. No era un càstig:

era una manera de protegir-lo i evitar que es fes mal amb els moviments del vaixell o que, en darrera instància, anés a parar a la mar.

Els mariners no rigueren ni en feren burla, del seu estat, perquè veieren que la pell blanca i blavosa i uns ulls apagats anunciaven que l'assumpte era més seriós que un simple mareig.

L'aire net i fresc tocà la cara del metge i se sentí alleugerit del pes que li enfonsava tot el cos. Intentà aixecar la cara al vent, però li costà un gran esforç mantenir-la dreta. Lentament, anava agafant consciència d'on era i del que li passava, però no entengué per què abraçava el pal com si aquest fos el cos fornit d'una gran senyora, no sabia per què aquelles lligadures li estrenyien els canells. Durant uns instants dubtà si, dins la seva demència momentània i causada pel mal de la mar, havia comès algun delicte.

Mitja hora més tard, el pirata gras i vell que li havia ensenyat a pixar per la banda de babord s'atansà al jove i li oferí aigua. En Marc begué a petites xuclades intentant no assaborir l'amargor de l'aigua que arrossegava les partícules indesitjables de les restes del vòmit que havien quedat a les papil·les de la llengua i que li recordaven les nàusees, tot cridant-les altre cop.

—Julivert! —xiuxiuejà el jove.

—Què? No t'entenc! —contestà el mariner gras.

—Julivert! Necessito la meva bossa de metge!

El vell mogué el cap tot dient que ho havia entès i accelerà el seu pas cap a la cabina del metge.

Quan tornà amb la bossa, els ulls del metge havien recobrat vida suficient gràcies a l'aire lliure i salat de la mar i es féu un reconeixement ocular ràpid. Després demanà al mariner que passés les ungles per la seva pell.

Ho féu i, darrere les ungles, hi deixà un rastre blanc i ressec que esquarterava la pell.

—Necessito beure molta d'aigua —digué en Marc.

—Per saber això no fa falta ésser metge —respongué el pirata.

Passà la resta del dia amarrat al pal però en cap moment es lamentà de la seva situació. Preferia estar amarrat a tornar a tancar-se dins la minúscula cabina, incòmoda i olorosa. Allà a fora, les flaires d'humitat i de les excrecions dels mariners es difuminaven i quasi no es notaven. L'única sentor forta era la que sortia de la boca del mariner gras, que patia de dispèpsia contínua.

La lluna groga i rodona el distragué una mica. Observava els dibuixos que es formaven a la seva superfície i es demanava què hi devia haver allà dalt, en aquell astre tan misteriós i femení. Tan femení que, fins i tot, el seu cicle era el mateix que el de les dones. Però la visió no durà massa perquè aviat el cel es cobrí d'uns núvols baixos que als pocs segons, dins la foscor, portaren un vent inesperat de tal força que la nau se'n ressentí.

Ningú no s'ho havia esperat, ni l'havia vist venir. Era estiu i les grans tempestes d'hivern ja havien passat, però un bon mariner del Mediterrani sabia que les tempestes estivals arribaven sense avisar, amb pocs senyals que donessin temps a amarinar les naus, a llevar pedaç del velam per no fer patir els pals i les entenes que els travessaven per arborar les veles llatines, les quals s'arrissaven per escurçar la superfície vèlica.

I així fou que les ratxes de gregal castigaren les teles amb tanta força que la nau s'escorà cap al costat d'estribord mentre el costellam cruixia d'una manera que esgarrifava aquells mariners novells que desconeixien la flexibilitat de la llenya emprada per construir naus i la bona feina dels mestres calafaters que feien les juntes dels llistons impermeables, sobretot dins l'aigua, on la llenya s'expandia en mullar-se.

En Marc s'aferrà al pal tot i que hi era fermat, el seu cos relliscà sobre la coberta mullada cap a la banda escorada, mentre escoltà que un mariner cridava:

—El gabier ha caigut! Home a l'aigua!

El capità donà ordres precises que arriessin les veles major i messana, però les drisses no baixaven. Algun obstacle a la politja de dalt del pal impedia que voltés i els caps que subjectaven les veles no obeïen les ordres dels mariners que els amollaven.

El vent augmentà encara més i la nau avançava escorada mentre les dues veles flamejaven vigorosament tot fent un soroll sec, ràpid i continu. La nau s'havia d'aturar immediatament per dos motius bàsics: d'una banda els pals no podien suportar més la pressió del vent, que inflava les veles i aviat desarboraria el vaixell, i de l'altra, l'home que havia caigut dins la foscor de la mar i del cel encara era allà fora.

El capità sabia que ja no el recuperarien per molt que ho intentés, però ho havia d'intentar de debò.

—Que dos mariners pugin amb destrals i tallin les drisses! Que tothom es col·loqui a sobrevent! —cridà el capità.

Aviat dos joves mariners s'enfilaren al pal i pujaren pels obencs amb una destral amarrada al cinturó.

Tothom s'havia col·locat a sobrevent per evitar la caiguda de les veles i caps que, irremeiablement, caurien a sotavent. Tothom excepte en Marc, que seguia amarrat al pal.

El capità revisà la seva tripulació abans de donar l'ordre de tallar i veié que només romania en perill el jove metge. El mirà i digué al contramestre:

—Traieu el renegat del pal!

En Marc sentí un punyal al fetge quan li digueren «renegat».

Amb una destralada sincronitzada, els dos mariners tallaren les drisses, i les veles caigueren com si fossin pedres grans. Part d'elles caigué dins la mar i la tripulació s'afanyà a recollir el pedaç perquè es fes el menys malbé possible i així poder tornar-lo a hissar quan hagués passat la tempesta. Però s'aturaren un moment quan sentiren el crit d'un dels mariners que s'havia precipitat a la mar quan la nau, lliure de la força de les veles, s'adreçà violentament per a la fi quedar en una posició normal sobre l'aigua.

Aquest fou rescatat aviat perquè un cap de drissa s'havia entortolligat al seu braç esquerre mentre queia. El tragueren en pocs minuts i deixà un rierol de sang diluïda amb l'aigua de la tempesta mentre l'arrossegaven sobre els taulons de fusta.

El mestre veler, que també feia de barber, s'hi apropà. Ell era qui curava els ferits o qui amputava quan era necessari.

—De pressa, porteu-lo a la meva cabina —cridà el capità.

Després donà ordres ràpides de voltar amb rumb oposat al que havia seguit la nau des que havia caigut el primer home. Els oficials donaren el rumb i els contramestres posaren tota la tripulació a les bandes per trobar aquell cos diminut desaparegut dins la immensitat negra de la mar.

Al cap de cinc minuts, el capità, que havia visitat el ferit, tornà a coberta i es dirigí cap al metge amb cara seriosa.

—No m'agrada haver de demanar-te això, però per a un capità la seva tripulació és el més important. Aquell home ha arriscat la seva vida per salvar la nau i està malferit. Sé que el mestre veler no està preparat per curar-lo i que, amb ell, perdrà el braç.

En Marc no digué res i sortí a corre-cuita cap al ferit. En aquell moment no li importava si el capità l'odiava o no. Només veia que tenia un pacient jove que necessitava atenció urgent.

El mariner perdia molta sang i el seu color mostrava que estava proper a tenir una aturada del cor per la falta de pressió de la sang. Sabia bé que la sang quan disminuïa en quantitat corria més de pressa del normal, i per tant el cor havia de bombejar també més de pressa fins que tot acabava en un esclat mortal.

—Pitja fort sobre el tall! —cridà el metge al veler.

—Ja ho faig, però la sang no deixa de córrer —explicà el mestre veler sense saber què fer.

En Marc es tragué el cinturó i l'envoltà per sobre de la ferida perquè havia deduït que una artèria havia estat tallada. Estrenyé amb força ajudat per un ganivet enfundat d'un pirata, al qual donà voltes per estroncar l'artèria.

El mariner cridà de mal, però el metge el calmà quan li digué que l'hemorràgia s'havia aturat.

N'havent controlat la pèrdua de sang, en Marc manà algú a recollir tot el seu instrumental i les medicines. No havia acabat. Ara venia la tasca més laboriosa i havia d'ésser ràpida perquè el braç no podia estar molta estona sense rebre la circulació de la sang, d'altra banda s'emmetzinaria.

En primer lloc, amb una mescla de malví, severola, cua de cavall, card marià i fulla d'alzina, hi col·locà compreses durant uns minuts.

Quan estigué segur que la ferida era neta, observà amb molta cura l'artèria que, per sort, no havia estat seccionada i es curaria sola.

Embastà l'agulla de cosir amb fil de lli, i cosí la primera capa muscular. Després, tornà a netejar i, tot seguit, cosí la pell.

Havia passat potser una hora i no temia per la manca de circulació al braç, encara. Però decidí desfer el cinturó per si de cas i observar si el braç s'inflava en excés. Confiava que l'artèria aguantaria i que no hi hauria una pèrdua interior perquè la paret muscular, ben cosida, la comprimia amb força.

Tot anà bé. Immobilitzà el braç perquè no fes cap esforç que pogués produir una altra hemorràgia i digué que el mariner havia d'estar en repòs fins a arribar a terra.

—Et visitaré dos cops cada dia per fer-te les cures —acabà dient en Marc.

El jove mariner somrigué, amb l'esperança de no perdre el braç, i li agraí el que havia fet.

Quan el metge sortí a coberta, veié que la tripulació continuava engrescada en la recerca del primer home perdut, que encara no havien trobat. El capità era vora el timó, a popa, i en Marc es dirigí cap a ell.

—Salvarà el braç? —demanà el capità.

—Sí, segurament ho farà —respongué en Marc.

—Bona feina —digué el capità sense mirar-lo a la cara.

Passaren uns instants i en Marc no pogué reprimir dir-li:

—Jo no sóc un renegat.

—Ah, no? Potser ho tinc mal entès. Em pensava que havies estat un captiu cristià abans!

Era molt petit. Quasi no recordo res. El meu amo em va ensenyar a ésser metge i també m'ensenyà la religió d'Al·là.

—Renegats són aquells que reneguen de la seva fe, o estic equivocat?

—Renegats són aquells que traeixen els seus —contestà en Marc, ofès.

—Jove metge! No sé per què tens tant d'odi al que vol dir aquesta paraula i la veritat és que poc m'importa.

L'únic que sé és que no em refio de cap cristià i que la meva lluita és contra ells. Potser eres petit, però segurament encara et queden algunes restes d'allò que eres i poden reviure en qualsevol moment.

—Tant de bo pogués recordar la cara de ma mare! —exclamà amb recança.

El capità a la fi el mirà i comprengué que aquell jove no tenia altre passat que la vida d'esclau que havia tingut amb l'amo metge. Sentí llàstima per ell, perquè en el fons, el capità era d'aquells que pensen que per tenir un futur pròsper, segur i ple has de tenir un passat ben arrelat. Agafà en Marc pel braç i li digué:

—Tu tens saviesa i ets un bon metge.

El món dels savis

El viatge, que havia durat tres setmanes, havia estat una penúria, però a la fi havia arribat al seu destí: Istanbul.

L'illa de Rodes havia significat un petit descans per al cos abatut del jove, però no suficient per recuperar-se del tot de la pallissa marinera que havia rebut ni tampoc de la visió del brutal tractament a què estaven sotmesos els remers de la galera, però havia aconseguit una cosa. Després de la nit de la tempesta estiuenca on es perdé un mariner i mai no fou trobat, el jove metge començà a mantenir converses amb el capità, que ja no el tractava com un renegat, sinó com un home savi i noble de cor.

De les converses, que al principi només foren salutacions amb el cap però acabaren en llargues xerrades, arribaren a un acord que beneficiava ambdós.

Els esclaus eren bestiar per al capità: animals sense cap dret que només existien per empènyer els rems. Per al jove metge, eren homes malalts que necessitaven atencions bàsiques.

El jove Marc, amb paraules tècniques, li explicà que la majoria dels remers morien per tres qüestions bàsiques. En primer lloc, per la falta d'aigua i de menjar, després per falta d'higiene i, en darrer lloc, per l'esforç físic. No volia semblar un protector dels cristians infidels perquè podria aixecar sospites i, per tant, no donà massa importància al darrer punt, però com a metge no podia tolerar que algú morís de set. Sabia que el capità no acceptaria la caritat com a premissa i hagué d'enfocar l'assumpte des del punt de vista productiu.

Si un esclau rebia un mínim d'aigua i menjar, suportaria més temps la duresa dels rems i el capità gaudiria de més disponibilitat d'esclaus. Tot consistia a formular un règim de menjades i begudes que fossin suficients per poder sobreviure si un era fort.

El capità, a la fi, s'hi avingué i li donà de temps fins que la galera arribés al seu destí.

El jove s'afanyà a calcular el mínim d'aigua necessària i el menjar que podria aconseguir. La qüestió del menjar era més difícil perquè fins i tot els mateixos pirates mostraven signes de mala alimentació per la manca de verdures i fruites. El peix salat, la carn salada i la farina eren l'únic de què es disposava en quantitat al vaixell.

Havia llegit molt amb el seu mestre sobre la malaltia dels mariners de l'oceà: l'escorbut, que lentament matava els mariners. El jove suposava que era pel tipus d'alimentació que hi havia dins un vaixell i que tot el secret per curar-se o per no caure malalts consistia a menjar verdures i fruites.

Al final només aconseguí que els remers poguessin beure una mica més d'aigua i un got petit de vinagre al dia. Pel que fa al menjar, seguien amb la farina mullada i passada, moltes vegades mesclada amb excrements de rates.

Almenys havia aconseguit poder calmar la set dels infeliços.

Durant la curta estada a Rodes, demanà permís al capità per carregar al vaixell fruits assecats, com ara prunes, i també es féu amb un carregament de cebes, que podien durar setmanes, alls i llimones.

—Aquest és el secret contra la malaltia dels mariners. Els ha d'obligar a menjar aquests aliments, almenys, una vegada cada dos dies —digué el jove amb seguretat.

El capità, després de dubtar uns instants, mogué el cap en senyal de consentiment.

Però ara ja trepitjava el sòl fangós del port d'Istanbul. S'havia acomiadat dels mariners, sobretot del jove que s'havia ferit el braç i que ja es trobava en perfecte estat, del vell mariner que li recordava en Mohamed i del capità, a qui havia odiat en un principi, però que ara respectava.

Caminà unes passes, però al cap d'uns segons una força sobrenatural l'aturà. Necessitava girar-se per veure el vaixell per darrer cop.

Mirà els enfogonaments dels rems i veié que els captius encara seien als bancs. Cinc d'ells es giraren cap al metge i el miraren amb uns ulls d'ànima apagada, cansats potser de viure. Semblava que es demanaven on anava aquell home jove que podia caminar lliurement pel port. Semblaven ocells engabiats que miren altres ocells que volen, ocells empresonats que estiren les ales, però tan aviat com les tenen esteses, topen amb els barrots que els empresonen.

El jove sentí una punxada i aviat es girà per seguir caminant amb el gran farcell a l'esquena i les seves bosses de metge.

Istanbul, l'antiga Constantinoble, era una ciutat immensa. Hi vivien més de setanta mil ànimes i s'hi mesclaven moltes races. La ciutat era una mescla d'esglésies i mesquites. Durant segles havia estat el bressol del coneixement i de la saviesa. L'Imperi de Bizanci l'havia fet gran, fins que les creuades del segle XIII l'enfonsaren i l'enfosquiren.

Però ara tornava a viure dins l'esplendor i era la capital de l'Imperi otomà, que dominava més de mig Mediterrani.

El jove demanà a un comerciant on es trobava l'escola de metges i seguí les instruccions que aquest li va donar. Trigà més d'una hora a arribar-hi, però a la fi trobà la gran escola.

Semblava una ciutat a petita escala. Hi havia carrers, hi havia fondes per a estudiants, biblioteques i les sales d'administració. Cap allà es dirigí.

—Vull seguir estudis de medicina —digué el jove, després de saludar un administrador que era assegut darrere una taula.

—I qui ets tu? —demanà en to despectiu l'administrador mentre es fregava la ploma d'escriure pels llavis.

—Sóc Muhammad Ibn Zacaiyya al Rhazi —contestà en Marc.

L'administrador esclatà a riure i digué:

—I jo sóc el mestre Avicenna. Que no saps qui era aquest senyor que has anomenat?

—Sí, en Rhazes.

—I que no saps que va morir fa més de mig segle?

—Sí, ja ho sé, però el meu mestre i amo em va batejar així quan vaig deixar d'ésser esclau.

En Marc tenia el seu nom musulmà. El seu vell mestre li havia posat aquest nom amb gran dignitat perquè era el nom del primer gran metge àrab, conegut com «l'experimentador» i que havia escrit vint volums que incloïen la literatura mèdica dels grecs, dels assiris, dels perses i dels hindús.

En Marc, o en Rhazes, com es diria d'ara endavant, no temia desvetllar el seu origen cristià perquè a les escoles de medicina hi arribaven estudiants de tots els indrets. La medicina no era política; era una ciència, i aquell que arribava allà ho feia per aprendre. A més, ell era un musulmà ara.

L'administrador restà uns minuts en silenci i després li demanà:

—Portes cap referència?

—Sí. L'imam d'Alger escriví aquesta carta.

La carta de l'imam era poderosa i obria quasi qualsevol porta de l'Imperi otomà. Per tant, a partir d'aquell moment, la insolència de l'administrador desaparegué i amb presses enregistrà el jove. Després li explicà on es podia allotjar i a quin tutor s'havia de dirigir per començar la seva instrucció.

Haly Abbas era el seu tutor. Era un home vell i savi que havia preparat centenars de metges d'arreu del món. Era un dels anatomistes més famosos d'aquells temps.

N'havent deixat l'edifici central on s'enregistrà, es dirigí a l'escola d'anatomia per presentar-se.

Un grup d'estudiants envoltava una taula. Tots paraven uns ulls i unes orelles de pam mentre escoltaven les explicacions del professor que feia d'una manera magistral una classe d'anatomia.

El jove Rhazes s'apropà a la taula per observar en silenci. Es demanava què hi devia haver sobre la taula, però les esquenes dels estudiants li ho impedien. Pogué escoltar algunes explicacions del gran metge.

—Molts de barbers pensen que un tall és simplement una ferida oberta per on la sang s'escapa i que s'ha de controlar per evitar una hemorràgia que dessagni el pacient. I què en penseu vosaltres, és veritat? —demanà el mestre.

—L'hemorràgia és el primer que s'ha de controlar. Evitar la pèrdua de sang és essencial per salvar el pacient —contestà un dels estudiants.

—D'acord! —digué el mestre, i continuà—. Però per saber això no fa falta ésser metge. Tothom sap que la pèrdua de sang s'ha d'estroncar. Què ha d'observar el metge?

—Ha de netejar la ferida i treure'n tots els objectes estranys —digué un altre.

—Recordeu que estem parlant d'un tall. Observeu!

El mestre metge agafà un escalpel de gran mesura i tallà el que hi havia sobre la taula.

En aquest punt, el jove Rhazes, empès per la curiositat de saber què hi havia sobre la taula, s'obrí pas per entre les espatlles de la resta d'estudiants i es quedà bocabadat en veure que es tractava d'un porc mort, no pel fet que es tractés d'aquest animal, la carn del qual era prohibida per la religió d'Al·là, sinó perquè per un moment havia pensat que sobre la taula hi havia un cos humà.

El mestre Abbas seccionà un braç del porc i després el forçà cap als costats.

—Observeu el tall! —cridà—. Vegeu que aquest braç mai no es podria tornar a moure! Vegeu que he seccionat el tendó i, per tant, encara que tanqués la ferida, encara que no prengués mals humors, aquesta mà mai no podria tornar a fer moviments.

Tothom callà mentre observava el tendó. El metge notà que hi havia un nou alumne i li demanà:

—I tu qui ets? —inquirí estranyat que un intrús s'hagués apuntat a la seva classe.

—Disculpi! No el volia interrompre. Sóc un nou estudiant i vostè és el meu tutor. El meu nom és Muhammad Ibn Zacaiyya al Rhazi.

Tothom esclatà a riure quan sentiren el nom. El mestre seguí amb cara estranyada.

—Un gran nom per a un aspirant a metge! —digué amb un to irònic.

—Me'l posà el meu mestre d'Alger, Asim Ibn Ashrà.

La cara del mestre Abbas canvià. Estava sorprès i, al cap d'uns segons eterns, digué:

—Per què no ens fas una demostració de la teva destresa. Lliga aquest tendó perquè el braç es pugui moure altre cop.

En Rhazes no tenia ganes de fer-ho, però sabia que ho havia de fer o mai no seria de la confiança del metge. Deixà el farcell a un costat de la taula i la resta d'estudiants li deixaren espai per apropar-se al malalt, que era el porc mort.

Observà tot el material quirúrgic que hi havia damunt la taula i agafà una agulla corbada a la qual enfilà un prim fil de lli.

—Error, Rhazes! No puc creure que fossis deixeble d'Ashrà, o potser eres un mal deixeble.

El jove Rhazes no entenia què volia dir, però sense contestar tornà a observar amb detall els elements quirúrgics.

—Disculpi el meu error! —digué en Rhazes quan veié que havia fet massa via.

Deixà el fil de lli, agafà un fil mullat de budell de porc que era dins una palangana i començà a cosir el tendó.

Amb deu minuts ho tingué llest i el mestre li digué que es fes a un costat.

—L'error d'utilitzar el fil de lli és que aquest no queda ben absorbit a l'interior del cos. Els fils dels intestins dels animals s'absorbeixen amb molta més facilitat —digué mentre donava per acabada la sessió—. Jove

Rhazes! —cridà el mestre quan tots els alumnes es disposaven a sortir.

El jove s'hi apropà i digué per tal d'evitar la reprimenda:

—Perdoni. No he vist el fil de budell; per tant, he optat per lligar amb fil de lli.

—No passis ànsia. Moltes vegades he hagut de fer lligadures interiors amb lli i ha anat bé —el vell s'aturà i mirà el terra—. Les teves habilitats són molt bones. Es nota que tenies un bon professor. Com està el vell Ashrà?

—És mort, senyor —digué tímidament en Rhazes.

Abbas li demanà informació després de lamentar la mort del vell metge. Restaren mitja hora parlant, i gràcies a aquesta conversa, el tutor conegué la carrera professional del jove.

—Pel que m'has explicat, deus tenir més formació que la resta d'estudiants. Seria un error que assistissis a les classes amb ells. Hauràs d'estudiar a les tardes sol. Als matins, treballaràs al dispensari amb el metge Al-Safra.

En Rhazes sortí de l'escola sense ésser conscient que havia entrat en un món de saviesa i d'homes que vivien només per a la ciència. S'havia d'acomodar en una cel·la de la casa d'estudiants i conèixer la resta de professors. L'endemà començava a treballar al dispensari.

Els àrabs foren els pioners de crear hospitals. No eren d'allò més grans: potser quaranta llits, deu dels quals eren reservats als pacients que requerien cirurgia, era el més habitual.

L'hospital on ara treballava en Rhazes tenia trenta llits dividits en dues plantes. La ventilació era bona i la claror del dia entrava per les grans finestres de vidriera. El sistema d'internament passava per una primera sala de cures immediates on un metge decidia si el pacient havia de romandre-hi.

El metge en cap era Abu Al-Safra, un home que s'apropava a la cinquantena i que mai no havia sortit d'Istanbul. De fet, les xafarderies deien que mai no havia sortit de l'escola de medicina des del dia que hi entrà.

Era un home seriós i aspre. L'única cosa per a la qual vivia era la medicina i era conegut com un dels millors cirurgians de la ciutat.

—Farem el diagnòstic plegats. Després, jo decidiré el tractament i tu el duràs a terme si ho considero adient —foren les primeres paraules de benvinguda del metge a en Rhazes.

No parlaren durant la primera hora i el jove metge escorcollà la sala de cures per tal de familiaritzar-se amb el seu entorn. Hi trobà nous instruments quirúrgics, nous tipus d'embenatges i medicines que li semblaven estranyes. Llegí les etiquetes on es trobava la formulació i li costà una mica, perquè amb el seu antic mestre i amo no havia dedicat massa temps a la química, i menys a l'alquímia, que, entre altres coses, estudiava els elements i les seves combinacions.

Per a tot alquimista, l'últim objectiu era arribar a descobrir la fórmula i els elements que podien transformar el plom en or. Aquesta idea dels alquimistes ajudà molt al desenvolupament de la ciència farmacèutica, perquè mai no deixaven d'experimentar i, d'aquesta manera, trobaven noves formes de combinar elements que, a vegades, resultaven ésser bons medicaments.

Però aviat arribaren els malalts, i la curiositat que li despertaven els nous instruments i conèixer l'indret on havia de passar com a mínim cinc anys hagué de passar a un segon terme.

Es col·locà devora el mestre Al-Safra sense cap ànim de destorbar-lo i observà com explorava els pacients i les preguntes que els feia. Seguia el mateix fil de preguntes que el seu mestre Ashrà li havia ensenyat.

Després de l'exploració, Al-Safra li demanava quina era la seva opinió i el jove Marc coincidia quasi sempre amb el mestre. Aquest veié que no tenia un deixeble tendre, tot i la seva poca edat, i a partir d'aquell moment, li deixà tractar els pacients, sota la seva estreta vigilància.

Al cap d'un mes, en Rhazes s'havia instal·lat completament i la rutina que tant desitjava havia començat: als matins, assistia els malalts i feia alguna sortida per la ciutat per atendre algun pacient que no podia moure's; a les tardes, seguia les classes del seu tutor i d'altres figures de la medicina que tenia aquella escola.

Aprengué noves tècniques de cauterització i d'amputació, i nous sistemes de reduir trencadures; amplià el seu coneixement d'herbes medicinals i conegué noves matèries minerals que, encara que en principi es consideraven un verí, si s'aplicaven en les dosis exactes segons el pes del pacient, tenien efectes positius per a la salut.

Assistí a operacions que per a ell havien estat impensables fins aquell moment: extirpacions de fístules rectals, intervencions d'hèrnies pulmonars i moltes d'altres que afectaven a tumors diversos, però el seu interior era buit.

Les famílies dels pacients que visitava li feien recordar que no tenia passat. L'alegria dels éssers estimats quan un es curava o la tristor quan un altre no podia sobreviure el trasbalsaven profundament, perquè ell no podia gaudir d'aquells sentiments.

Les úniques persones properes a ell eren els mestres i col·legues metges que l'envoltaven i, encara que els respectava i se sentia afortunat de poder aprendre d'ells, no trobava la pau interior.

Les imatges de la seva infantesa revivien intensament en moments estranys: a mitjanit, durant una passejada o mentre conversava amb un altre col·lega, per després esborrar-se dins un racó llunyà de la seva ment.

Al cinquè any, es convertí en doctor en medicina. Els professors l'admiraven i no entenien com un metge tan jove, que no arribava als vint-i-sis anys, podia posseir aquella saviesa, només normal per a un metge excepcional i de més edat.

No sortia de l'escola, tan sols ho feia per visitar els malalts. No tenia cap tipus de vida social ni tenia amics amb qui parlar de temes mundans. Millor dit, no volia parlar de temes que no fossin de medicina o de filosofia. Llegia quan no treballava i dormia quan estava extenuat i els ulls se li tancaven per la manca d'hores de son. Però així ho volia: el temps romania suspès i ell s'adonava que ja era un home dret i fet.

Un dia, de bon matí, el metge Al-Safra li ordenà visitar els banys dels esclaus, on l'informarien de què es tractava. Era urgent perquè dos soldats de l'emperador esperaven.

L'escena li recordà la nit que l'imam requerí els serveis del seu vell mestre, però ara era diferent, perquè es dirigia allà on els esclaus eren reclosos tot esperant que el destí els donés una oportunitat de retornar a casa seva.

La ciutat, sota el sol calent, era una mescla de colors vius i de races. Milers de grecs encara vivien a l'antiga Constantinoble tot i que molts d'ells eren maltractats.

Feia més de cent cinquanta anys que els turcs havien entrat dins les fortificacions de vint-i-dos quilòmetres que envoltaven la ciutat moderna, i desitjada per tothom, de l'antic Imperi bizantí i havien mort els milers d'homes que encara podien lluitar.

Durant mesos el setge dels turcs havia afeblit la ciutat. L'emperador féu un cens de les ànimes que podien lluitar, fins i tot els capellans, i es desencoratjà quan veié que les visites de la pesta havien disminuït molt considerablement les seves defenses. Els turcs eren cent mil i portaven gran artilleria.

El 1453, una porta de la muralla mal tancada deixà pas a les tropes i aquella nit la sang corregué pels carrers i per les esglésies, on molts s'havien amagat. L'endemà, el capità Muhammad, en veure la desgràcia, ordenà que la matança s'aturés.

I ara havien passat més de cent cinquanta anys i el nom de Constantinoble desapareixia per donar pas a un de nou: Istanbul.

Era el centre de govern de l'Imperi otomà, tantes vegades enfrontat al poder dels reis catòlics, especialment al de Carles V, que era amo i senyor de mig món.

Les esglésies i les mesquites convivien als carrers. Era, certament, una ciutat oberta al món i a les cultures. Era diferent d'Alger. Aquí s'hi veien més europeus, i especialment se sentia parlar francès.

Els banys de Constantinoble foren els primers a emprar-se per recloure els cristians quan la ciutat fou presa i encara seguia essent un lloc similar a aquell que el jove metge havia visitat el dia que arribà a Alger.

—El sultà vol que curis les ferides d'aquesta ostatge. És més important del que et penses! —digué un home baix que semblava ésser el responsable dels banys.

—Per què és tan important? És de la noblesa? O tal volta és la filla d'algun ric mercader? —demanà en Rhazes, que volia saber a què s'havia d'encarar.

—No, no es tracta d'això. Aquesta no tornarà mai a casa seva. La vol per oferir-la com a concubina a l'emir d'Aràbia —el carceller rigué tot mostrant una rialla que feia tenir nàusees—. És ben sabut que aquest emir té una debilitat per les noies rosses i de pell blanca.

En Rhazes deixà de pensar en quin devia ésser l'interès per aquella esclava. Havia vist tantes donzelles que passaven a formar part de la llista de l'harem dels àrabs que res no li estranyava, perquè l'Alcorà deixava clar que un home podia tenir tantes dones com pogués mantenir.

Entrà dins una sala individual on hi havia un llit petit i una gran palangana amb aigua, a part de teles de bona qualitat. A sobre del llit, hi havia la silueta d'una jove que li mostrava l'esquena.

El metge demanà intimitat al guàrdia que l'escortava. No li agradava treballar mentre el miraven i molt menys si es tractava d'un soldat que vigilava. El soldat sortí al passadís i tancà la porta. No hi havia cap altra sortida perquè la cel·la on jeia la jove tenia la roca de la muntanya que envoltava els banys com a paret, i això els feia quasi inexpugnables.

Els cabells rossos eren bruts i partien en direccions oposades. Era evident que feia temps que aquella noia no es pentinava ni prenia cura de la seva higiene. Això estranyà el metge, perquè l'habitació disposava d'aigua i sabó.

La jove girà el cap lentament. Semblava més vella del que era i unes bosses rogenques li marcaven una línia gruixuda sota els ulls i a sobre de les parpelles. La seva mirada era febril i en Rhazes li tocà el front, però no tenia febre.

Abans d'examinar el cos de la jove, després de veure que el seu estat mental era lamentable, el metge la netejà amb una esponja ensabonada i li recollí els cabells al darrere.

La pell de la cara de la noia recobrà vida i el metge deduí que la bellesa d'aquella jove devia ésser extraordinària sota circumstàncies normals, i més ho pensà encara quan obrí uns grans ulls de color blau cel envoltats per un blanc com l'escuma. Tenia els llavis tallats, però la seva forma era perfecta i sinuosa.

Lentament, la noia recobrava la consciència i parlà quasi xiuxiuejant. En Rhazes no entenia el que deia, però moments després veié que estava resant en llatí al seu déu: el déu cristià.

—On et fa mal? —demanà el metge en la llengua cristiana.

La noia no contestà, però restà immòbil mirant el jove metge, que pensà que no devia entendre el català. Potser era d'un país nòrdic o d'Anglaterra, ja que el seu físic semblava quasi saxó. Però segons més tard, la noia digué amb un to apagat i deixant caure una llàgrima que no volia baixar per la galta:

—Vull morir!

El jove metge s'esgarrifà. No podia deixar que aquella jove morís de tristor, però sabia de ben cert que les malalties de l'esperit eren males de curar, ja que ni les medicines ni la cirurgia eren remeis.

—Et tractaran bé —digué en Rhazes mentre intentava calmar-la, tot fent un esforç perquè el seu accent sonés el més mallorquí possible—. A mi, em van captivar quan tenia nou anys.

La noia obrí els ulls encara més. En Rhazes l'havia encertada i aviat s'adonà que potser compartir les penes animaria la jove.

—Sé el que volen fer amb mi. Sé que em volen convertir en una concubina d'un emir, però no! A mi no em convertiran en res perquè abans em mataré —digué angoixada.

En Rhazes li tocà el cap i li digué que tingués coratge, que la mort només havia d'arribar per si sola, que havia de sobreviure, aguantar, i que potser el futur li donaria alegries.

—Jo no recordo els meus pares ni els meus germans..., fins i tot, em costa parlar amb tu. Ara sóc com ells i el que et puc assegurar és que ells són com els cristians. Potser vaig tenir sort quan vaig arribar a Alger perquè el meu amo era metge i ell m'ensenyà quasi tot el que sé.

—Però... em fa molta por!

En aquell moment, la noia perdé el coneixement. Estava molt dèbil. No menjava ni bevia. Ella mateixa es matava lentament i conscientment. Havia perdut l'esperança, i el metge hi veié el reflex d'ell mateix anys enrere, sense persones estimades, en un país estrany, amb un futur incert. Li féu tanta llàstima l'ànima d'aquella jove que sentí un buit a l'estómac que l'oprimia fins al cor. Tragué un pot de la bossa i el féu olorar a la jove, que recobrà el coneixement.

—Com et dius? —li demanà en Rhazes.

—Margalida.

—No t'amoïnis, Margalida. Jo et protegiré. Confia en mi.

El metge ordenà a na Margalida que havia de beure i menjar una mica, però no havia de netejar-se de cap manera. Havia de semblar malalta de veritat i, encara que no li ho digué, havia d'emanar tan mala flaire com fos possible.

—Aquesta dona està infectada pel «Morbus Gallicus». És molt contagiós i ningú no pot entrar en aquesta cel·la sense el meu permís. Ara he de parlar amb el capità dels banys —digué el metge amb cara seriosa i amb to d'autoritat.

El soldat que custodiava l'entrada tragué una clau i tancà la cel·la. Després acompanyà el metge a la sala del capità.

—I bé, que ja està sanada la nostra captiva? —demanà el capità tot esperant bones noves per donar al sultà.

—No crec que es pugui curar.

El capità, tot estirant els pòmuls cap a baix, va posar cara de pocs amics.

—Pateix «Morbus Gallicus».

—Què és això?

—És una malaltia molt contagiosa. També es coneix per la sífilis.

—Sífilis? No n'havia sentit a parlar mai. No deu tenir res a veure amb la pesta, oi? —demanà preocupat el capità.

—No és tan seriós ni es contagia com la pesta. La sífilis només es pot contagiar si hi ha un contacte directe amb el malalt.

—No ho entenc. Què vols dir?

—Aquest dona no pot tenir relacions amb homes. Els passaria la malaltia.

—No! —cridà el capità—. Quin desastre seria si el sultà regalés una esclava a l'emir perquè en gaudís i aquest morís per culpa d'ella.

—Pots estar-ne segur que moriria. Els homes no aguanten la malaltia com les dones.

Al capità, no li agradà aquesta darrera afirmació i mirà amb mals ulls el metge, però no digué res perquè només pensava en la manera d'informar el sultà.

—Quan n'informi el sultà, li ha de fer veure que ha estat una sort trobar la malaltia a temps. Si no ens n'haguéssim adonat, la desfeta hauria estat lamentable. Per tant, el sultà ha d'estar content. De ben segur que hi haurà altres dones joves! —li explicà en Rhazes tot volent guiar el capità cap al seu terreny.

El capità somrigué perquè veié que era veritat que l'assumpte es podia enfocar d'una manera positiva, sempre que es pensés en les conseqüències desastroses que hi podria haver hagut per a la diplomàcia si l'emir hagués emmalaltit per contagi de l'esclava.

—Molt bé, metge. Ja pots partir i gràcies per la teva actuació. Anomenaré el teu nom al sultà i li diré que si no hagués estat per tu, no ho hauríem pogut evitar. Al·là t'acompanyi.

El metge es quedà aturat i no es mogué.

—Que vol res més, metge? —demanà el capità.

—Sí, què faran amb la pacient?

—No ho sé. He de parlar primer amb el sultà, però suposo que si no serveix per res i a més és un perill, l'haurem de sacrificar.

—Això no pot ésser. L'haurem de traslladar a l'hospital. És una malaltia nova que ve del nou continent. A Europa hi ha molts de casos, però aquí encara és bastant estranya, tot i que darrerament hem vist dos casos en soldats francesos. Cal que la vigilem a l'hospital. Ens servirà per aprendre més sobre la malaltia.

El capità arrufà les celles i no digué res al principi, però després contestà:

—Torna demà. No puc desfer-me d'ella sense l'autorització del sultà.

—Gràcies —digué en Rhazes, i sortí dels banys.

Tingué temps de pensar durant el camí de tornada. La treta per alliberar na Margalida era una empresa difícil. No només havia de sortir dels banys sota el consentiment del sultà, sinó que després l'havia d'ocultar, a l'hospital, dels altres metges que aviat esbrinarien que tot era una mentida. Tant se valia: el que havia sentit per aquella noia indefensa i malalta d'esperit era nou. No era simplement la protecció que un metge ha d'oferir al pacient, era molt més. Era la seva pròpia salvació.

L'ajudaria perquè en ella veia les desgràcies de tantes d'ànimes que havien perdut la llibertat, a qui havien tallat les arrels i cegat l'esperit amb una fulla roent. Però també el deixaren glaçat la mirada blava de la noia, les formes naturals de la fesomia de la seva cara, amb el coll delicat que mostrava i la dolçor del timbre de la seva veu femenina.

Mai no havia sentit atracció cap a una dona, però aquesta vegada notà la força de la seva masculinitat a l'interior de tots els seus músculs, amb secrecions copioses a la boca, amb unes pessigolles estúpides a l'interior de l'estómac. Com a metge, no podia entendre totes aquelles reaccions del seu cos, i com a home inexpert en qüestions d'amor, encara ho comprenia menys i s'espantava pel que havia acabat de fer.

Quan arribà a l'escola, trobà el metge Al-Safra, que li demanà com havia anat.

—Bé —contestà en Rhazes—. Hem tingut sort. Hi hem estat a temps!

—Tan urgent era? De què es tractava?

—Una sífilis —contestà el jove metge.

—No t'entenc. Com pots dir que ha anat bé si la sífilis és pràcticament un mal incurable i que, si va bé, necessita un tractament molt llarg?

—L'esclava era un present del sultà per a l'emir d'Aràbia. T'imagines com hauria pogut acabar si no diagnostiquem la malaltia a temps i l'emir s'emporta la noia per passar a formar part del seu harem? —demanà en Rhazes amb un somriure.

—Quin desastre —exclamà Al-Safra—. Quins símptomes presentava?

—Els típics: ulceracions a la boca, potser el fetge ja se'n ressent perquè la pell és groga, té febre i pústules per tot el cos.

—Com estàs tan segur que és sífilis? Hi ha altres malalties amb aquests símptomes —aclarí el metge major.

—Va tenir relacions de sexe amb un soldat francès.

—Ja ho veig! Aquests europeus ens infectaran amb les seves malalties del dimoni —cridà Al-Safra mentre es disposava a seguir treballant.

En Rhazes també treballà durant la resta del dia i no tornà a parlar de l'assumpte amb el metge, el qual semblava no recordar-se'n, però també havia preparat el terreny per al següent pas perquè, en moments que s'havia quedat sol, s'havia afanyat a buscar informació sobre la sífilis en els compendis mèdics que guarnien les sales de l'hospital.

Quan les ombres del dia anunciaven que les llànties s'havien d'encendre, s'apropà al vell metge i li digué:

—Crec que la solució és mercuri. Sí, ungüent mercurial sobre les pústules. També herba de pal sant. Tot això amb un tractament de la higiene del cos.

—De què em parles? —li demanà estranyat Al-Safra.

—Del tractament per a la sífilis.

El metge vell aclucà els ulls mentre intentava esbrinar a la fi de què parlava el jove, però al cap d'uns segons digué:

—Ah! Em parles de l'esclava.

—Exactament! Li he estat donant voltes tot el dia i m'agradaria estudiar el cos d'aquesta jove.

—Impossible! És massa perillós! No podem disposar d'un llit per a una sifilítica. A més, aquests remeis que has dit no són del tot fiables. Potser han funcionat alguna vegada, però crec que ha estat a causa de la providència i no de la ciència.

—Potser tens raó. Però volia provar un nou tractament d'herbes medicinals. Crec que la *hydrocotile* asiàtica, que com ja saps és una planta de l'Índia, i l'heura espinosa són el millor remei.

—Què et fa pensar això?

—El meu mestre Ashrà.

—Què vols dir? —demanà amb cara d'intrigat Al-Safra, que coneixia la gran fama d'herbolari d'Ashrà.

—El vaig veure tractar les seqüeles de la sífilis dues vegades i en totes dues tingué un èxit molt apreciable.

El vell metge es gratà la barba mentre ho rumiava. En Rhazes l'havia encertat en anomenar el seu antic amo perquè el seu coneixement de les herbes era únic en tot l'imperi.

—Però aquí no hi pot ésser. És molt perillós i arriscat!

—Això no és problema. He demanat a l'administrador si podia disposar d'una barraca per a servents, d'aquelles que són als afores de l'escola, i m'ha dit que n'hi ha de disponibles. Estaria enfora de l'hospital i només jo l'atendria. Sempre romandria tancada.

Al-Safra seguia gratant-se la barba però no deia res. El sentit comú li deia que no havia de donar permís per a l'experiment, però el seu interès científic era més poderós que la seva sensatesa. Després de sospesar els pros i els contres, li digué:

—Tens tres mesos. Ni un dia més, a partir de demà. Després, jo mateix avaluaré els progressos.

—D'acord —digué en Rhazes complagut.

Ben entrada la nit, caminà cap a la barraca que l'administrador li havia assignat per dur a terme l'experiment. Carregava pedaços, fregalls i una escombra. L'havia de netejar i deixar llesta per quan arribés na Margalida. L'espai era petit, però suficient. Seria una altra presó per a la jove perquè no podria sortir sota cap excusa, però ell l'animaria.

Passà la nit planejant. Preparà un gran llençol per cobrir tot el cos de na Margalida: era habitual que els malalts contagiosos anessin coberts de dalt a baix, sobretot els leprosos, i això era un avantatge per als plans d'en Rhazes. Però què passaria si algú volgués comprovar l'estat de la jove? Com podia enganyar aquells que no eren coneixedors de la medicina? Ho tenia pensat i no el preocupava massa; el que sí l'atabalava era que algun metge la volgués veure, perquè amb una simple inspecció, desvetllaria el pla i, tal volta, el jove metge acabaria amarrat als bancs indesitjables de les galeres.

Però no fer res seria un càstig pitjor que l'angoixa dels rems, que la manca d'alimentació, que la set i que les vexacions a què estaven sotmesos els captius, perquè deixar morir aquell àngel ros hauria estat firmar un contracte amb el mateix diable i cremar eternament dins el foc de l'infern, tot sofrint un mal del qual ni la mort el podria alliberar.

Tot era decidit i pensat. Havia passat la nit i el sol ja es veia per l'horitzó de llevant. Volia anar de seguida als banys, però arribar-hi massa prest hauria aixecat sospites, d'altra banda evitables.

Muntà el carro cobert i hi fermà l'ase. Després començà a estirar l'animal al ritme pausat de les seves passes. Encara tenia una hora de camí: una hora per repassar el pla.

El soldat de la porta del dia anterior el reconegué i el deixà passar. Caminà decidit cap a la cambra del capità i allà el trobà.

—Has tingut sort, metge! —cridà el capità—. El sultà m'ha donat aquesta bossa per a tu!

El jove Rhazes mirà la bossa estranyat.

—Són monedes! —cridà el capità—. Moltes!

En Rhazes somrigué i l'agafà. Necessitaria aquells diners més endavant.

—I la noia? On és? —demanà el metge.

—El sultà ha dit que l'hem de matar! —digué amb un somriure egoista el capità mentre es gratava les mans i mirava la bossa de les monedes—. Però…

En Rhazes veié que tot era intencionat, que la vida o la mort de la noia importava poc al sultà i que l'única cosa que interessava al capità eren unes monedes.

—Quantes monedes vols? —demanà el metge, tot sabent que hauria de lluitar pel preu per dues raons: el regateig era una obligació en una compra per als moros i, en segon lloc, si acceptava un preu molt alt, el capità sospitaria.

—Diguem que la meitat del pes de la bossa! —respongué.

—No! No! Impossible! Te n'ofereixo una quarta part! —cridà el metge amb cara indignada per tal petició.

—Bé, potser ho podem deixar en una tercera part.

—D'acord, però la balança seran les meves mans i no les teves —sentencià el metge.

—D'acord— es conformà el capità.

Una vegada la qüestió de la llibertat de na Margalida havia estat arreglada, el metge es dirigí a la porta que encara romania tancada amb clau i custodiada per un soldat.

—Vaig donar ordres que ningú no podia entrar. Suposo que ha estat així, o no? —demanà el metge amb cara seriosa, quasi enfadada, al soldat.

—Per aquesta porta no ha passat ningú des que vostè va sortir.

—Molt bé. Ara pots obrir —li digué mentre li donava un paper escrit pel capità on s'explicava que l'esclava estava ara en mans del metge.

Quan obrí la porta, una flaire pestilent sortí de la cambra violentament. Semblava que algú l'aguantava i que, de sobte, en amollar-la, sortia com si fos un projectil d'arcabús. El soldat arrufà el nas i el metge li digué enfadat, mentre es cobria mitja cara amb un mocador:

—Aparta't! Vols emmalaltir d'aquest mal demoníac?

El soldat, espantat, s'apartà i es pegà cops sobre l'uniforme com si volgués treure's la pols, mentre el metge tancava la porta de la cel·la.

—Com estàs Margalida? —demanà tendrament en Rhazes.

—Espantada! No entenc res!

—Tot és llest. He fet creure que pateixes una malaltia molt contagiosa. Quan el sultà ha sabut que la teva relació amb l'emir podria haver significat un desastre diplomàtic, si ell s'hagués contagiat, m'ha fet dos regals —digué content mentre li mostrava la bossa plena amb les dues terceres parts de les monedes.

—I l'altre regal? Quin és l'altre regal? —demanà ella intrigada.

—Tu!

El metge li explicà el seu pla: l'havia de cobrir amb llençols blancs com si fos una leprosa, però abans havia de pintar-la amb un tint groc perquè la seva pell havia de semblar afectada pel fetge. També havia experimentat tota la nit per aconseguir una matèria que semblés pus i que pogués aferrar-se a la pell de tal manera que semblessin pústules. I ho aconseguí mesclant resina d'arbre amb diversos colorants.

—Potser et cremarà una mica al principi, però no serà res!

—Què és això?

—Només és resina fosa —explicava en Rhazes mentre encenia foc amb un llumí per escalfar una petita tassa de ferro.

Al cap de pocs minuts, el metge i la malalta fingida sortien de la cel·la amb un pas lent. L'escena resultava lamentable per a qualsevol que no conegués el pla, perquè el metge estirava la pacient, a dos metres de distància, amb una corda. Havia de semblar que realment era una malaltia greu i perillosa per a aquells que s'hi apropaven a pocs centímetres, i funcionà, perquè el soldat s'apartà quan veié el farcell humà i només demanà:

—Hem de calar foc a la cel·la?

El metge es detingué i medità un instant, però després digué:

—Cremar el llit i la roba serà suficient. Però no heu de tocar res amb les mans. Utilitzeu les vostres llances.

El soldat assentí amb cara d'espant i mostrant poca il·lusió per la tasca que havia de fer.

Una vegada foren al carrer, el metge ajudà la jove a pujar al carro mentre mirava si algú els observava, però no veié res i li pogué parlar.

—Has d'aguantar una mica més. D'aquí a una hora seràs a la barraca i ningú no et molestarà més.

El metge caminà sense presses mentre estirava l'ase que portava na Margalida, però aviat arribà a l'escola de medicina, més aviat del que havia previst.

Era migdia i la vida a l'escola semblava apagada. Tothom descansava excepte aquells metges que estaven ocupats amb els pacients. Havien tingut sort i, amb més presses, creuaren els patis que els separaven de la barraca.

La noia entrà tota coberta encara pel llençol que la momificava, i se sentia intranquil·la, però tan aviat com la porta quedà tancada amb el metge i ella al dedins, en Rahzes l'alliberà dels embenatges.

La jove mirà la caseta i no digué res.

—Ho sento! No he pogut trobar res més confortable. L'important era que hi hagués intimitat —aclarí el jove metge.

—No entenc res. Per què ho fas? Per què m'ajudes? —demanà ella.

—No ho sé. Quan et vaig veure disposada a morir, sense ganes de viure, vaig sentir la necessitat d'ajudar-te.

Na Margalida no digué res. Encara estava molt dèbil i urgia que recuperés un grau òptim de salut, per a la qual cosa en Rhazes havia deixat viandes i fruites la nit anterior.

La jove recuperà la gana i devorà el menjar de tal manera que el metge, en veure la rapidesa amb què ho feia, l'advertí que havia de menjar de mica en mica per no fer mal a l'estómac.

Passà una hora i en Rhazes li anuncià que havia de partir cap a l'hospital. La noia s'espantà perquè no volia restar sola, encara que s'animà quan va saber que a la nit ell tornaria.

Quan el metge ficava una gran clau al pany per deixar la cabana tancada, la jove li demanà:

—Com et dius?

—Rhazes —contestà ell.

—No. No em refereixo al teu nom moro. M'agradaria saber el teu nom de baptisme.

El metge es quedà aturat durant uns instants i hagué de pensar.

—Marc —digué a la fi mentre un calfred li recorregué tot el cos.

No havia sentit pronunciar el seu nom des d'aquell dia a la talaia.

Nous horitzons

Durant dos mesos, el metge visità na Margalida cada nit i, a vegades, durant altres moments del dia. De mica en mica, la noia li agafà confiança i les vetllades tendres que passaven els abstreien de la situació en què es trobaven.

Quan en Rhazes l'havia treta dels banys d'esclaus, s'havia mogut per un sentiment irracional que l'impulsava a protegir aquella noia, i, per tant, havia planejat, amb detall, la manera d'alliberar-la. Però en cap moment pensà en el que vindria més tard.

Era evident que la vida oculta a la barraca no podia durar per sempre i era sabut per tots els metges que la sífilis deixava senyals per tota la vida per molt que el malalt s'hagués curat.

En Rhazes no podia pensar que arribés el dia que la jove pogués sortir de la casa totalment curada perquè tothom hauria sospitat. A més, el capità dels banys podria voler beneficiar-se'n un altre cop o informar el sultà de la curació miraculosa, amb la finalitat de rebre els seus favors.

Era clar que l'única opció era deixar Istanbul, però no sabia com fer-ho.

Els dies eren tediosos. Només pensava en la jove. Volia enraonar-hi, volia recordar els costums que havia perdut, volia parlar la llengua que quasi havia oblidat, però sobretot volia estar amb algú pel simple fet de voler estar-hi.

Un matí l'esperança de poder partir prengué forma.

Un vaixell francès havia arribat al port amb molts de ferits després d'una batalla contra un galió genovès.

Tots els metges hagueren d'estar llestos per rebre els ferits.

Aviat arribaren les primeres carretes dels soldats, alguns d'ells ja eren morts. La sala d'operacions no bastava i un rierol de sang inundà el sòl de l'hospital, especialment quan les amputacions començaren.

Braços i cames desmembrats s'amuntegaven en un racó. Els crits de dolor viatjaven per l'escola com si fantasmes de l'altre món l'haguessin posseïda. Però els metges eren bons i ràpids i treballaven sense prestar atenció a les lamentacions dels ferits, i més de la meitat d'aquella tripulació malferida salvà la vida.

El capità del vaixell francès observava els seus homes mentre pitjava amb la mà el seu abdomen ferit, però no deia res ni es queixava de la ferida oberta que brollava.

En Rhazes s'adonà que aquell home estava ferit i que perdia molta sang i s'hi apropà per avaluar la ferida.

—Aquest té una ferida interna, deixa'l per al final! —cridà Al-Safra al jove metge.

En Rhazes sabia que aquell home tenia la mort al seu costat, perquè una ferida interior, en la majoria dels casos, significava que els òrgans interns havien estat danyats i la seva curació era impossible. Per aquest motiu, els metges desatenien aquest tipus d'afectats i dedicaven els seus esforços a intentar salvar aquells que eren curables.

En Rhazes es girà per seguir amb la seva tasca d'estroncar ferides d'altres soldats, però en girar-se veié els ulls apagats del capità i no pogué evitar agenollar-se per veure quin abast tenia la ferida.

Palpà l'abdomen i veié que el mal es concentrava en un punt molt determinat. Això era bon senyal.

—Rhazes! He dit que deixis aquest per al final! —tornà a cridar Al-Safra.

—Sí, ara mateix —cridà en Rhazes mentre embenava el capità amb força perquè deixés de sagnar.

Aquell dia no pensà en na Margalida. No havia tingut temps d'ocupar-se en els pensaments de fuga que l'ofegaven perquè havia hagut de cosir, tallar i tornar a cosir.

Quan la situació semblava controlada, tractà el capità amb tranquil·litat.

Després d'un examen a fons, veié que la ferida, produïda per la metralla de canons que utilitzaven cadenes com a projectils, no era tan seriosa i que potser tenia l'oportunitat de salvar-lo.

Amb un escalpel obrí la ferida que ja no sagnava i veié que molta metralla havia quedat incrustada a la paret muscular d'aquell home, afortunadament fort i amb molta musculatura en aquella zona. Retirà les restes amb unes pinces i després aixecà la carn per saber si algun tros havia penetrat la cavitat abdominal. Veié que hi havia un forat molt petit i s'alarmà en veure-ho, perquè si la metralla havia arribat a la membrana que envoltava els òrgans i els intestins i aquesta havia estat rompuda, això significaria que hi havia poques esperances.

—Ara li faré mal —li digué el metge.

—*Je ne comprends pas!* —digué el capità ferit, que respirava amb dificultat pel mal que sofria.

—He de mirar més endins i això farà mal —digué ara en català i amb lentitud.

—*D'accord!* —digué el capità, que ho havia entès.

El jove féu una incisió sobre el petit forat del múscul amb la màxima atenció per no ésser ell qui tallés la membrana. Després de la petita incisió, aixecà les parets musculars i, content, observà que la membrana no havia estat tocada.

—Tot va bé! —digué amb alegria i començà a tancar la ferida amb l'agulla.

—Què fas amb aquest? Per què hi estàs tan capficat? —demanà Al-Safra.

—Ja està sota control. La ferida no era interna encara que ho semblés. Es veu que la metralla no portava molta força. La seva fortalesa abdominal ha fet la resta per evitar que penetrés a l'interior. Sort que li he embenat els talls i les ferides que el dessagnaven o ara tindríem un altre mort —digué el jove tot reprovant l'actitud del vell metge.

Al-Safra quedà parat mentre es demanava per què havia desestimat l'oportunitat d'intervenir aquell malalt amb la urgència que requeria i posà cara de nin penedit, però en Rhazes, en veure que el seu to havia estat desmesurat cap a un col·lega, li digué:

—És normal que passés. Estàvem desbordats de feina i havíem de seleccionar qui podíem salvar primer —el jove s'aturà i alenà fort—. A vegades sembla que hem de fer la feina de Déu; triar qui pot salvar-se i qui no és el que menys m'agrada del meu ofici.

Al-Safra se sentí alleujat per les paraules del jove i es tranquil·litzà.

—Has actuat com un bon metge! Segueix el teu instint.

Els dos metges, després d'allotjar els ferits, es reuniren dins una gran cuina i recuperaren les forces. Parlaren sobre els pacients i comentaren el que havien fet. En Rhazes seia devora Al-Safra.

—Com va la teva pacient de sífilis? Ja fa un parell de mesos que la tractes —demanà el metge major.

—L'ungüent de mercuri està donant bons resultats —digué sense donar-li massa importància en Rhazes, que no volia tractar el tema.

—Que ja puc venir a veure els avanços? —inquirí amb naturalitat Al-Safra.

—M'agradaria esperar una mica més. Estic preparant unes medicines a base de les plantes que el meu antic amo m'havia anomenat i no sé quant de temps necessitaré per tenir-ho enllestit.

Al-Safra assentí amb el cap i passà a parlar d'altres temes, però el jove s'adonà que era molt tard i que en tot el dia no havia visitat na Margalida. Begué aigua i s'aixecà amb presses i amb una mica de menjar per a ella. Després s'acomiadà del seu col·lega.

Caminà de pressa pel pati de l'escola. Les ganes de veure-la eren tan grans que el cansament de la dura jornada s'esvaí com el llum d'una llàntia a la qual li ofeguen la metxa. Quan caminava, recordava la forma de la seva cara i dels seus llavis i sentia la veu dolça que sortia de la seva boca.

La seva bellesa havia recobrat vida amb el temps i amb l'esperança de no haver de lliurar-se a un home desconegut, a qui només serviria per als plaers físics i que potser mai no coneixeria, amb qui només mantindria un contacte carnal i a qui mai no podria veure com un home protector i estimat, amb un amor correspost.

El jove metge picà a la porta efusivament i cridà que era ell per no alarmar na Margalida.

—Estava preocupada. Pensava que alguna cosa t'havia passat quan veia que no venies —digué la noia mentre exhalava un alè d'alleugeriment quan veié en Rhazes.

—No t'espantis. Hem tingut un dia molt feixuc a l'hospital. Hi havia una tripulació de ferits d'una nau francesa que va ésser atacada i no hem acabat fins ben entrada la nit. Però ara ja sóc aquí.

La noia mirà fixament el metge mentre escoltava tot el que havia passat a l'hospital. La vetllada agafà el caire càlid de les converses que normalment mantenien a altes hores de la nit, però arribà un punt en què en Rhazes prengué un semblant seriós.

—Què passa, Marc? —demanà la jove, que notà la cara preocupada del metge.

—No podem seguir molt de temps més amb aquesta mentida. Si al final ens enxampen, podries haver de tornar als banys i la fúria del sultà per haver estat enganyat seria comparable a la fúria d'un gos malalt i rabiós.

Na Margalida sabia que allò era veritat i que la fuga era quasi impossible, perquè la ciutat era completament vigilada i les característiques físiques del seu cos i de la seva cara la delatarien en un tres i no res.

—Has posat la teva vida en perill per ajudar-me i t'ho agraeixo de tot cor, però no vull que corris el risc d'ésser castigat —digué ella amb sinceritat.

—Mai no deixaré que et tornin a tancar com si fossis un animal i que després et donin com un present. Pensar que ets als braços d'un home que no estimes em faria tornar boig —el jove es deturà un moment quan veié el que havia dit i, dins ell, se sentí avergonyit per desvetllar els seus sentiments, però decidí seguir—. Des que et vaig veure, no puc deixar de pensar en tu.

Na Margalida l'agafà de les mans tendrament, però ell l'aturà tot dient-li i mirant-la als ulls:

—No et sentis obligada cap a mi. T'ajudo perquè vull i si tu no sents per mi el que jo sento per tu, seguiré ajudant-te i et trauré d'aquí, d'alguna manera.

—Però, Marc. Jo...

—No diguis res, per favor. Ara no. Deixa que el temps ens doni l'oportunitat d'esbrinar els nostres sentiments reals.

El metge deixà anar les mans de la jove lentament, i amb un somriure li digué que l'endemà tornaria.

Quan era a fora un altre cop i refeia les seves passes enrere cap a l'hospital, pensà que tal volta havia malbaratat una oportunitat de rebre l'amor de la jove, però el fet que ella fos presonera en un país estrany i que només el tingués a ell li va fer pensar que podria demostrar uns sentiments que no eren vertaders. Podria confondre un sentiment d'amor amb un sentiment de gratitud, podria passar que la desesperança l'obligués inconscientment a confondre l'amor que ha de sentir una dona amb l'amor que sent un infant quan té por pel seu pare, la seva mare o el seu germà gran.

En Rhazes observà les estrelles i mirà cap a ponent. El camí que havia de seguir era cap a ponent. Allà era on na Margalida tornaria a ésser feliç i allà era on ell havia deixat la seva infantesa que ja mai no recuperaria.

Havia dormit poc la nit anterior. El cansament del dia i la trobada amb na Margalida no el deixaren descansar amb profunditat fins a la matinada, quan caigué extenuat damunt el llit.

La claror del nou dia entrà per la finestra i quan obrí els ulls, veié que era tard. Tan tard que ja hauria d'estar treballant a l'hospital. Es vestí amb presses i, sense menjar res per rompre el dejuni, corregué cap a la feina.

—Què ha passat? —demanà Al-Safra.

—Ho sento. M'he adormit. Suposo que estava molt cansat —contestà el jove que mai no havia arribat tard en tots aquells anys—. Com estan els malalts?

—Dos d'ells no han pogut passar d'aquesta nit, però la resta està bé. Per cert, el capità vol parlar amb tu.

—Quin capità? —demanà el jove mentre mig aclucava els ulls per mostrar la seva intriga.

—Quin ha d'ésser? Aquell que salvares perquè li aturares l'hemorràgia quan el donàvem per perdut.

—Ja el recordo. Com està?

—Bé. Li he contat el que va passar —Al-Safrà mirà fixament en Rhazes—. Em vaig sentir malament per haver-me equivocat i no podia fer altra cosa que dir-li que, si no hagués estat per tu, ara seria mort.

En Rhazes no li donà massa importància i decidí anar a veure'l.

El capità dormia i el metge, tenint cura de no despertar-lo, s'hi apropà per fer-li un examen de les ferides. Li tragué els embenatges molt lentament i sense fer moviments bruscs. Veié que les ferides seguien un bon curs i que en pocs dies aquell home es podria llevar.

—*Merci* —digué el capità.

—Ha tingut molta sort! —digué el metge sense deixar d'examinar els punts de sutura.

—*Je ne suis pas mort parce que vous m'avez aidé.*

—Jo sempre intento ajudar tots els meus pacients, però, en veritat, vostè va tenir sort, perquè amb el desgavell d'ahir, era normal que el deixéssim de costat. Les mans dels metges no bastaven i, a simple vista, les seves ferides semblaven interiors i, per tant, les possibilitats de salvar-lo, quasi nul·les. No sé per quina raó em vaig fixar en vostè quan tenia dues amputacions engegades. Però estic content d'haver-ho fet.

—*Merci* —tornà a dir el capità.

El jove s'acomiadà del capità i li digué que el visitaria dos cops per dia. També li ordenà que l'únic que havia de fer ara era reposar fins que les ferides es tanquessin i que no havia de forçar el seu abdomen amb cap moviment.

L'àrdua tasca de curar, per a la qual vivia el jove metge, durà fins a la nit, moment en què es dirigí cap a la casetona de na Margalida sense presses i pensant que tal vegada s'havia precipitat en expressar els seus sentiments la nit anterior.

—Hola, Margalida —digué tímidament.

—Hola, Marc.

—Disculpa la meva franquesa d'ahir. Sé que no és un bon moment per la situació en què et trobes, però...

La jove l'interrompé:

—No t'has de disculpar, Marc. Mai no havia conegut un home com tu. Ets bo, intel·ligent i amable.

En Marc l'escoltava sense moure les parpelles i esperava que seguís.

—Els meus sentiments per tu també són molt profunds, però em costa molt saber fins on arriben —na Margalida s'aturà per pensar el que havia de dir—. No sé quin tipus d'amor et professo. Hauria d'haver-te conegut en circumstàncies normals per estar-ne segura. Em mereixes tant de respecte i la meva gratitud és tan gran que no puc dir-te que t'estimo com a home per por d'equivocar-me.

—Ho entenc.

—Sé que ho entens perquè ets noble de cor. Des que em van segrestar, no he tingut l'ànima centrada. Els temors m'han castigat. Només ara començo a pensar amb claredat i és precisament aquesta claredat que em diu que, si et respecto de veritat, no puc fallar-te declarant-te el meu amor de dona. He d'esperar. Si el meu amor és real, brotarà com una flor quan pertoqui i serà un amor sincer, sense cap fissura, sense cap fermall exterior que el faci impropi de tu.

—Ho sé —afirmà ell amb un somriure—. Vaig pensar-ho ahir quan vaig deixar-te. Jo no vull el teu cos. Vull la teva ànima i el teu cor. Ja he tingut una vida d'esclavitud. Ara no vull un amor esclau ni un amor que es fonamenti en uns vincles falsos. Deixem que el temps ens doni una oportunitat.

—Deixem-ho, bon amic meu —digué ella mentre li agafava les mans amb tendresa.

Els sentiments de na Margalida eren sincers i el fet d'estimar tant en Marc l'obligava a mesurar les seves declaracions, perquè mai no s'hauria perdonat fallar-li.

La nit fou tendra i les hores corrien com si fossin minuts fins que es quedaren adormits l'un devora l'altre sobre la catifa que dies abans en Marc havia portat per fer la vida reclosa de la jove més confortable. Sense adonar-se'n, s'havien adormit amb les mans agafades i la pau de l'alba que s'apropava impregnà la cabana d'un silenci acollidor.

Amb la claror, en Rhazes obrí els ulls i observà durant uns llargs minuts la cara de na Margalida. S'aixecà amb molta cura per no desvetllar-la i sortí cap a l'hospital.

En havent parlat amb els altres metges, començà la seva ronda de visites i el primer pacient que visità fou el capità.

—Com es troba avui? —demanà-li.

—Millor —digué el capità en un català bastant dolent.

—Parla la meva llengua?

—Només una mica i malament —digué amb una rialla.

—Aviat podrà fer passejades, però encara és prest. Ara li faré una cura amb aquestes herbes que ajuden a cicatritzar.

El metge preparà un ungüent de murta, herba botera, farigola i herba barbera i el posà sobre les ferides.

—Ara descansi. Tornaré a la tarda —s'acomiadà en Rhazes, però el capità l'interrompé:

—D'on és vostè?

El jove es quedà pensant en la pregunta, però el capità tornà a demanar:

—D'on és? Vostè no és turc.

—No. Sóc d'Alger.

—De sempre?

—No. Sóc de Mallorca. Em van fer captiu els corsaris quan era petit.

—I com ha arribat a ésser un metge tan bo? No ho entenc.

—El meu amo era metge i m'ensenyà quasi tot el que sé. Ell em donà la llibertat quan va morir.

—Estic content de saber-ho.

En Rhazes deixà el pacient per seguir amb la seva feina i no l'estranyà que li hagués fet aquelles preguntes. Era obvi que el capità havia notat que parlava el català amb naturalitat i sense esforç.

Més tard, quan dinaven, Al-Safra li demanà per la pacient de la sífilis.

—Crec que ja és hora que vegi els teus progressos. Ja sé que m'has demanat més temps i te'l donaré, però m'agradaria saber què fas. Suposo que no et sap greu compartir els teus coneixements amb mi.

—No. No em sap greu. Però encara no és el moment. Tingues una mica de paciència. Seràs el primer a veurela. T'ho prometo.

El metge vell no respongué. Estava impacient per veure com anaven les cures miraculoses, però acceptà, amb disgust, esperar una mica més.

El temps corria en contra i la manera de sortir d'Istanbul no prenia forma. Els diners que li havia regalat el sultà i el seu sou de metge no li permetien llogar un vaixell. Potser sí que podria pagar el passatge de dues persones, però comprar el silenci de la tripulació i fer que l'empresa fos secreta era molt car. Els funcionaris del port s'embutxacaven diners fàcilment amb suborns sempre que l'assumpte no impliqués massa gravetat. En principi, na Margalida era una esclava malalta i oblidada, però al cap i a la fi, era una esclava de qui molts encara podien aprofitar-se.

Al-Safra no sospitava. D'això, en Rhazes n'estava ben segur. L'únic interès del vell metge era mèdic. Però què passaria si al final descobria tot el muntatge? Potser no els delataria, però era un assumpte massa perillós fins i tot per al vell, i el jove Rhazes no el volia implicar.

Durant la tarda, mentre estava afanyat a curar malalts, el jove pensà en la possibilitat d'unir-se a les caravanes que baixaven fins a Síria. Hi podria anar com a metge i li costaria poc. Després podria seguir, amb altres caravanes, fins a arribar a Alger. Però això comportava una sèrie d'entrebancs. Per una banda, na Margalida no podria sortir quasi mai del carro cobert: el seu físic i la seva desconeixença de la llengua dels àrabs aixecaria sospites. Per altra banda, el viatge era perillós pels possibles atacs de les tribus del desert i per les inclemències del temps, a les quals la jove no estava acostumada. En darrer lloc, Alger, si hi arribessin, no era el millor lloc per després poder fugir cap a Mallorca. La ciutat era petita, en comparació d'Istanbul, i la vigilància, possiblement més forta.

Era urgent trobar la manera de sortir i el jove s'impacientava. No tenia ningú en qui confiar, només alguns metges que vivien aliens al món exterior de l'hospital i del qual, per tant, sabien encara menys que ell.

La foscor tornà a omplir les sales de l'hospital i les llànties s'encenien una darrere l'altra. Era hora de partir cap a la barraca i, després de netejar-se, es dirigí a la porta, on es detingué de sobte perquè s'havia oblidat de visitar el capità. Tornà cap a l'interior amb passes ràpides, quasi corrent.

El capità era despert i aviat el saludà en el seu català nefast.

—Bon vespre, metge Rhazes!

—Ha tingut dolors?—demanà ell mentre preparava l'ungüent amb presses i amb l'expectativa d'acabar aviat per anar a veure na Margalida.

—Em trobo molt bé. Sento que ja em puc moure i tinc ganes d'anar a fer un volt.

—Encara és massa prest. Si es porta bé, demà passat ho podrà fer. Les ferides encara no s'han tancat. Aquest ungüent accelerarà el procés.

El capità agafà el metge de la mà i li digué:

—Com puc agrair-li el que ha fet per mi?

—Ja m'ha donat les gràcies. No s'amoïni. Estic molt content d'haver-lo salvat. Que vostè visqui és la mostra més gran de gratitud que puc tenir.

—Però hi ha d'haver alguna manera. Aquí no tinc riqueses, però a casa meva, a França, tinc un bon racó. Li podria fer arribar una mostra de gratitud una vegada hagi tornat a casa meva.

El jove no digué res, però pensà una estona.

—No vull diners —digué seriós—. Però tal vegada sí que podria ajudar-me en un assumpte molt urgent.

El capità parà les orelles.

—Vull anar a Itàlia. Allà hi ha grans escoles de medicina i no sé si ho ha sentit, però hi ha un nou moviment cultural que fa avançar molt la nostra ciència. Ha sentit parlar de les escoles de Pàdua i de Bolonya? Els estudis anatòmics i fisiològics que han fet són famosos entre tots els metges. Aquí estic estancat. La medicina àrab és la millor pel que fa a la utilització d'herbes, però no és tan bona en tècniques quirúrgiques.

—Doncs no hi ha cap problema. De Marsella al nord d'Itàlia hi ha una passa. Pot venir en el meu vaixell, quan aquest hagi estat reparat. Suposo que d'aquí a un mes els mestres calafaters i els mestres de ribera hauran acabat —digué el capità content d'haver trobat una manera de tornar-li el favor.

—Però hi ha un problema —contestà el jove metge—. La meva estimada.

—Ha! Ha! —rigué el capità—. La seva estimada no el deixa partir!

—No. Ha de venir amb mi —digué segur el jove.

—Cap problema.

—Sí. N'hi ha un. És una esclava.

—I qui és el seu amo? La comprem i punt.

—El sultà.

La cara del capità es transformà.

—Això sí que és un problema —sentencià amb cara seriosa.

—Bé. No és tan seriós com pot semblar. El sultà l'ha cedida a l'hospital perquè li vaig fer creure que patia de la sífilis.

—La sífilis? —demanà alarmat el capità quan sentí aquella paraula tan temuda, sobretot pels navegants que visitaven innombrables ports.

—He dit que li vaig fer creure. No he dit que la patís.

El capità es tranquil·litzà.

—Ja la deuen haver oblidada —digué en Rhazes. Però si per algun motiu descobrissin la mentida, em tancarien per tota la vida. Corro un gran perill aquí i cada dia que passa és pitjor. Els metges em demanen per la pacient i no sé què dir-los perquè es mantinguin enfora.

El capità es gratà el mentó i pensà, però al cap d'uns segons digué:

—Aguanta un mes més. Trobarem la manera de sortir i que ningú no se n'adoni.

La fugida

Després d'una setmana d'estar hospitalitzat, el capità francès, anomenat Ferdinand Maceaux, sortí totalment curat de les ferides i aviat es dirigí al port per coordinar i controlar les feines dels mestres de ribera. Recollí tota la tripulació sana que voltava la ciutat buscant gresca i licors i els posà a treballar de sol a sol.

Els digué que havien de partir com més aviat millor perquè havia rebut un correu de França en què l'almirallat el requeria amb urgència. Tot era inventat i una excusa per fer treballar els seus homes de valent després de la cruel batalla que havien sofert, i ho aconseguí. El galió navegaria en una setmana.

Els mestres velers estiraven les teles sobre els molls i cosien fins que els dits se'ls encorbaven tot quedant engarrotats i havent de requerir ajuda d'altres companys per tornar-los a la posició normal. Els gabiers s'enfilaven per les drisses i per les amantines per revisar qualsevol símbol de flaquesa als pals i a les antenes. Els calafaters omplien les juntes dels llistons per fer la nau hermètica i evitar que ni tan sols una gota del Mediterrani pogués entrar per l'obra viva. I ell, el capità, no deixava d'observar.

No veia el metge. Ja havien resolt que l'avisaria dos dies abans de partir i que ell s'encarregaria d'amagar la noia dins el vaixell de tal manera que les autoritats del port mai no la trobessin. Era fàcil. En primer lloc, les autoritats sabien que aquell vaixell no carregava mercaderies, només els queviures necessaris, pólvora i bales de canó. Per tant, s'hi capficarien poc. Però, per si es donés el cas d'una revisió, la noia aniria amagada en un barril de gra, dins el qual es podria submergir i respirar amb una canyeta prima.

Mentrestant, en Rhazes havia informat na Margalida de la sort que havien tingut, ja que disposaven de l'oportunitat de poder sortir d'Istanbul sense haver d'afegir-se a les perilloses caravanes que creuaven el desert.

La jove abraçà el metge i el besà. Deixà de banda el control sobre els seus sentiments i es deixà dur. Volia assaborir aquell moment d'alegria després de tant de temps de només veure foscor en l'horitzó. Necessitava sentir la respiració càlida d'en Marc sobre la seva pell sensible. Li urgia sentir el tacte de les seves mans sobre totes les parts del seu cos, i, sense adonar-se'n, s'uniren per després deixar-se caure sobre la catifa.

En Rhazes tremolava i cada vegada que fregava la pell de na Margalida sentia tots els seus òrgans en un moviment incontrolat. Li besà el coll, després les galtes i tornà a la boca. La seva mà de metge experimentat es transformà en una mà amb voluntat pròpia que buscava racons secrets que emanaven plaer, i ella es deixava fer mentre tancava els ulls i s'imaginava el seu heroi dins un somni que s'estava fent realitat.

Deu minuts després que els seus cors haguessin bombejat la sang de tota una vida, els dos enamorats, abraçats amb tendresa, recuperaren l'alè i s'adormiren entrellaçats de cames i braços.

La quietud i la pau d'aquell moment d'amor foren interrompudes violentament pels trucs a la porta de la barraca.

Els enamorats es llevaren i els seus cors tornaren a bombejar sang acceleradament, però ara no era a causa de la passió, sinó de la por. Fins llavors l'engany havia funcionat i mancava tan poc per partir que els semblava impossible que els trobessin en el darrer moment.

—Rhazes, obre la porta! Sóc jo, Al-Safra.

El jove metge es pegà un cop al cap i aviat digué a na Margalida que s'estirés al llit i es cobrís amb el llençol. Després obrí la porta i es col·locà entre el marc i ella per evitar que el vell metge pogués veure l'interior de la barraca.

—Al-Safra! —digué sorprès—. No t'esperava.

—Ja ho sé, que no m'esperaves, però no puc esperar ni un minut més. He de saber com van els teus experiments. Necessito saber si la dona s'ha curat. Per favor, ensenya'm el que has fet.

El jove no pogué dir res i restà immòbil al llindar. No sabia què podia fer ni què podia dir-li. En una primera exploració ocular, el vell metge esbrinaria que no hi quedava cap «seqüela», de la maleïda i temuda malaltia, i que alguna cosa estranya succeïa en aquella casa. Però, encara pitjor, tot prengué un caire més dramàtic quan Al-Safra li digué:

—Ha vingut el capità dels banys i ha demanat per l'esclava. El sultà vol saber com evoluciona la teva pacient.

En Rhazes es tornà blanc i una suor freda li davallà per les galtes. El vell notà que alguna cosa no anava bé.

—Què ha passat? Ha empitjorat? No t'has de desencoratjar. Aquest mal és terrible— el consolà amb la sospita que la pacient no havia millorat.

—No. No ha empitjorat. Està perfectament bé.

El vell metge mostrà que no entenia res arrufant el nas.

—Entra! —li digué el jove vençut.

Al-Safra entrà lentament i estranyat per l'estat d'ànim del seu col·lega, i aviat es dirigí cap a na Margalida. Descobrí el llençol que la tapava i observà la pell sana de la cara de la jove.

—Això és impossible. No té cap resta del mal —es gratà el pèl del cap mentre es meravellava dels resultats del nou tractament—. Hi ha d'haver restes de les ferides purulentes. Li examinaré el cos.

—No ho facis —cridà en Rhazes, sense voler faltar-li al respecte.

—Però, què et passa a tu? Tractes aquesta noia com si fos un tresor.

—Ho és per a mi.

Uns segons de silenci tens romperen l'ambient professional que els havia abrigat durant tots els anys que feia que es coneixien.

—Aquesta dona mai no ha estat malalta de sífilis. Tot ha estat una mentida per alliberar-la d'una mort segura. Lenta, però segura.

Al-Safra obrí la seva gran boca i, tot seguit, digué lentament, com si mesurés les seves paraules:

—Els vas fer creure que estava malalta de sífilis perquè pogués escapar dels banys. Estàs boig? I a mi, també em vas mentir, a mi?

—Sí. Et vaig mentir. Mai no ho hauries permès perquè era comprometre l'hospital. A més, no et volia involucrar en aquest assumpte.

—Però ara ho has fet! —el renyà el metge major.

—No. Jo no ho he fet. Has estat tu, que no has pogut esperar tal com havíem quedat. Però tant se val. Ara ja ho saps. Només necessitava uns dies més i tot hauria romàs un secret —digué en Rhazes tot lamentant-se i mirant la cara espantada de la jove.

—Què vols dir amb «uns dies més»? Què pensaves fer? Potser volatilitzar-te amb una fórmula secreta de l'alquímia? —demanà amb un to sarcàstic.

—No exactament. El capità francès té la seva nau llesta per partir. Ell ens ha de portar.

Al-Safra s'estranyà, però aviat entengué que el seu pacient, a qui ell mateix havia donat per insalvable, li retornava el favor.

—El teu enginy funciona, jove Rhazes! —digué deixant escapar una tímida rialla.

—Per favor, guarda el nostre secret uns dies més, amic meu. Mantén-te enfora d'aquest embull. No vulguis saber res del que passa i fes com si mai no ho haguessis sabut.

El vell es gratava el cap i estirava els pòmuls cap a baix mentre ho rumiava.

—No m'agrada que hagis compromès l'hospital! No m'agrada que m'hagis mentit i, sobretot, odio que m'hagis il·lusionat amb la possible cura de la sífilis! —cridà enfadat—. Això darrer no t'ho perdono. Però guardaré el teu secret.

—Gràcies —digué en Rhazes pausadament i amb un somriure.

—Però... què passa amb aquest capità dels banys malhumorat i amb ulls de sangonera?

—L'hem d'enganyar. No sé com ho hem de fer. Tens cap idea?

El vell rumià, ara gratant-se el nas punxegut que sempre el precedia.

—Sí.

—Quina? —demanà ansiós el jove.

—Per desgràcia, tinc una pacient que no passarà d'aquesta nit. És jove i ningú no la plany. L'han portada no fa gaire.

—I de què pateix?

—Crec que és la verola —digué Al-Safra tristament.

—Oh, Déu! És molt contagiosa.

—Sí. És una plaga!

—Hi ha altres malalts?

—No. Encara no. Però ja he manat que es prenguin les mesures necessàries per evitar el contagi a l'hospital.

La ment de metge d'en Rhazes ressorgí quan sentí aquella paraula tan temuda. Com a metge, sabia que els afectats per aquella malaltia es multiplicarien en poques hores i encara més en els propers dies i setmanes. S'abrigà per anar a l'hospital i s'acomiadà de na Margalida, però abans digué:

—I què hi té a veure tot això amb el nostre assumpte?

—Diré al capità que el cos mort de la malalta és el cos de l'esclava. Li explicaré que la sífilis va empitjorar. No crec que ho vulgui esbrinar de molt a prop. A part de les purulències que causa, la verola fa que la cara sigui mala de reconèixer, ja ho saps, això.

En Rhazes sentí que els budells se li movien amb una sensació de repugnància. Utilitzar una dona moribunda per escapar no li feia cap gràcia. Es lamentava d'haver d'aprofitar aquella desgràcia. El vell Al-Safra ho veié i li digué:

—Saps que no hi podem fer res. No et turmentis l'ànima. L'únic que pots fer és alleugerir el seu mal fins que mori.

El jove assentí i es disposà a partir per dedicar tota la nit a aquella dona que no arribaria, probablement, a l'alba.

—Tranquil·la, Margalida. Tot va bé. Ara he de fer una feina, però aviat tornaré. Estigues en pau. En pocs dies creuarem la mar —la consolà i li féu un petó llarg i tendre a la galta.

—De veritat pensaves partir sense acomiadar-te de mi? —demanà enfadat el metge vell mentre caminaven aviats cap a l'hospital.

—No. T'hauria deixat una carta.

—Una carta? Només una carta? —cridà encara més molest.

—No. He escrit una sèrie de cures que vaig aprendre amb el meu vell amo, Ashrà, per a la sífilis. No la curen, però t'asseguro que els resultats són millors del que et puguis imaginar.

La cara d'Al-Safra canvià i els seus ulls s'il·luminaren.

—És veritat, amic meu?

—T'ho asseguro de debò.

El camí fou curt per al vell i llarg per al jove. Al-Safra no parava de demanar remeis mèdics i mescles que havien fet famós a Ashrà, i en Rhazes no deixava de pensar en la pacient a qui havia d'alleujar l'agonia ni de donar voltes al fet que s'hagués d'aprofitar, forçosament, de la mort segura d'aquella noia.

Quan arribaren, es dirigí al petit laboratori de medicines.

—No puges a veure-la? —demanà Al-Safra.

—Abans he de preparar una droga.

Agafà una esponja i la impregnà amb extractes d'herba dormidora. Era la forma d'anestèsia més emprada, encara que les propietats de l'èter es començaven a conèixer i els seus resultats obrien una porta d'esperança a les operacions, que sempre implicaven gran dolor.

Abans de pujar les escales, es detingué davant una llibreria carregada de volums i buscà un llibre especial. El trobà i l'agafà amb la mà lliure.

La noia estava quasi inconscient. La seva febre era tan alta que la cambra, tot i estar ventilada, semblava un forn. El metge es cobrí la boca amb un mocador i li féu ensumar l'esponja.

Aviat, els músculs de la malalta es relaxaren i deixaren de fer moviments involuntaris de dolor. Després, en Rhazes amarà un drap en aigua freda i li netejà la cara. Quan semblava que la pacient no patia i la calentor de la febre davallà, obrí el llibre.

Era *Les mil i una nits*. El famós metge Rhazes del segle X, anomenat «l'Experimentador», de qui havia pres el nom el jove metge, havia deixat escrit en el seu *Havi (la vida virtuosa)* que com a part del tractament contra el xarampió o la verola la lectura era important, especialment la lectura de *Les mil i una nits*, on una princesa, condemnada a morir, havia de relatar contes inacabables per poder-se salvar i on molts d'aspectes diferents de la vida eren relatats.

En Rhazes llegí amb veu tranquil·la, sota la flama d'una espelma, tota la nit. Només deixava de llegir quan la droga ja no feia efecte i ell havia de calmar la noia amb una altra dosi. Però no parà de llegir fins a les clarors de l'alba. Apagà l'espelma amb els dits mullats per la seva pròpia saliva i es girà per veure que la flama d'aquella dona també s'havia apagat amb un darrer alè cansat però ple de pau.

S'hi apropà; una llàgrima del metge banyà el llençol amb el qual, a poc a poc, cobrí tot el cos de la difunta, i en silenci li digué:

—Gràcies.

Al-Safra l'observava sense dir res des del passadís i el deixà restar en silenci davant la desconeguda víctima de la verola, però minuts després li digué:

—Rhazes, t'has portat bé amb ella. Pots estar segur que si et pot veure des de l'altra vida, estarà orgullosa de poder-te ajudar. No sentis llàstima.

—Sí. Tens raó —contestà el jove.

—Ara tenim feina. Hem de cobrir-la tota amb draps i treure-la de l'hospital. El capità no trigarà massa a arribar i li hem de donar fe de la mort.

El jove Rhazes la preparà i, ajudat per homes que treballaven a l'hospital a canvi de sostre i menjar, la posà damunt un carro que la traslladaria al cementiri, però no l'enterraria fins que l'avariciós capità arribés.

Quan el sol era alt, aparegué l'home dels banys escortat per dos soldats i aviat demanà noves a Al-Safra.

—Ha mort aquesta nit. Estava molt malament.

El capità posà cara de diable i rebufà. Després digué:

—Vull veure aquell metge jove que l'atenia.

—L'està enterrant.

Sense dir res a Al-Safra, el capità partí cap al cementiri.

—Vull veure el cos —ordenà a Rhazes sense mirar-lo ni saludar-lo tan aviat com baixà del cavall blanc.

—No és convenient —li aconsellà el metge.

—He dit que vull veure el cos! —cridà ara.

El jove assenyalà un cos envoltat de draps damunt un carro i el capità es dirigí cap a ell per destapar-lo.

—Tingui! Posi-se'ls! —el metge li donà uns guants i un mocador.

—No dius que és morta? Per què carai necessito això?

—El seu cos és mort, però no sé si el que li ha causat la mort encara viu.

—Què vols dir? —demanà nerviós el capità.

—Potser encara pot contagiar.

El capità féu unes passes enrere atemorit pel que acabava de sentir.

—Vull veure-li la cara. Fes-ho tu! —li digué mentre posava la mà sobre l'empunyadura de l'espasa sarraïna.

El metge, lentament, es posà els guants i es tapà la boca per enretirar els draps que amagaven el cos.

De sota, sortí el cap petit de la dona. Era impossible reconèixer de qui es tractava perquè les pústules amb pus s'havien eixugat i la cara estava totalment deformada.

—Quin fàstic. Cobreix-la aviat. És espantós —exclamà mentre feia passes enrere ràpides.

—S'imagina la cara de l'emir si aquesta dona hagués arribat al seu llit? —demanà alçant la veu el metge—. El sultà pot estar content que trobéssim la malaltia a temps. Si no fos per l'hospital d'aquesta ciutat, i no per vostè, les conseqüències haurien estat nefastes.

—Li ho explicaré. Li explicaré el que han vist els meus ulls —digué atemorit com un nen, i partí galopant amb el seu cavall.

Després d'enterrar la jove, en Rhazes corregué cap a l'hospital per explicar-ho tot a Al-Safra, però el trobà amb la cara desencaixada.

—I ara, què passa?

—Tenim tres casos de verola. Si tot segueix així, haurem de dir a les autoritats que tanquin el port.

El jove pensà en na Margalida i en el capità francès. Es demanà per què la roda de la fortuna voltava tan aviat, per què el moment de trobar-se a dalt d'ella era tan efímer que quan un començava a assaborir la bona sort, de sobte queia en picat per trobar-se altre cop dins la foscor de la incertesa, tot esperant que la roda tornés a girar per dur-lo a dalt un altre cop.

—Has de parlar amb el capità. Heu de sortir amb l'alba de demà. Saps bé que no puc torbar-me més Al Safra el mirà fixament i li digué seriós—: Confio en tu i en la teva saviesa de metge. M'has de prometre que controlaràs la plaga dins el vaixell. Saps que aquestes plagues viatgen de port en port i saps tan bé com jo que el nostre deure és aturar-les. No em perdonaria que el vaixell on viatjaràs contagiés altres indrets.

—Estigues tranquil! Ningú no baixarà del vaixell sense la meva autorització. El viatge dura més de dues setmanes i això és temps suficient perquè la malaltia aparegui si algú la té dins el seu cos.

—Ets el millor metge que he tingut. Sé que puc confiar en tu.

—Gràcies.

El jove li agafà la mà en senyal d'amistat i de gratitud i s'acomiadà amb presses tot dient-li que havia de parlar amb el capità perquè enllestís la nau a corre-cuita a causa de l'epidèmia que semblava que començava.

Pujà damunt l'ase i cavalcà cap al port amb les cames una mica recollides per no arrossegar els peus sobre la pols dels carrers.

El viatge esperat

Na Margalida respirava per la canyeta, cegada pel gra de blat que li cobria tot el cos i la cara. En Rhazes era al seu costat i controlava els duaners que, inexplicablement, havien pujat al vaixell.

La nit anterior havia passat com un llamp. Entrada la fosca, un gran carro passà a recollir els mariners convalescents que encara restaven a l'hospital. Es tractava d'aquells que havien sobreviscut a l'atac i a les posteriors conseqüències de les serioses ferides rebudes.

Era un carro dantesc. Els mariners s'assegueren amb la mirada distreta, sense percebre res: observaven un punt dins la llunyania que mai no s'apropava per molt que el carro es mogués cap allà. N'hi havia de bornis, de mancs de braços i cames i molts de cremats a qui les seves famílies difícilment reconeixerien a causa de l'aspecte monstruós de les seves fesomies, que s'havien fos com la cera d'una espelma. Molts d'ells encara anaven embenats i els seus uniformes havien perdut el color flamant de l'estil militar. Entre ells hi havia barrils de gra i, també, na Margalida. En Rhazes s'assegué devora el barril i seguia amb el cos els moviments secs del carro mentre mirava l'objecte com si es tractés d'una bella dona. Li sabia greu que ella hagués de passar per aquella situació, però era inevitable fins que el galió amollés les amarres i així li ho havia fet entendre a la jove, que aviat hi estigué d'acord.

—Podrà arribar bé amb aquesta tripulació tan espatllada? —demanà un servent civil del sultà.

—Per a la navegació és suficient. El que de veritat espero és no trobar-me un vaixell enemic. Seria la nostra perdició, i en lloc de presentar batalla, hauríem de fugir com una llebre —explicà el capità.

—I qui és aquell súbdit del sultà? —demanà altre cop l'autoritat portuària mentre assenyalava en Rhazes amb les celles.

—Un metge. Aquí tinc una carta del cap de l'hospital on em demana que el porti fins a França —contestà el capità mentre li mostrava la carta signada per Al-Safra i amb un to despreocupat.

—És estrany. Però mai no se sap el que passa per dintre el cap d'aquests homes de ciència. Em deixa mirar la carta? —demanà l'autoritat amb poques ganes. Semblava que l'avorriment era l'únic que l'havia mogut a pujar en aquell vaixell.

La llegí i veié que la raó del viatge del jove metge era visitar una escola europea per compartir coneixements. No li donà més importància, s'acomiadà del capità amb molta condescendència i, lentament, davallà la passarel·la ampla i relliscosa.

El capità respirà interiorment i manà als oficials que comencessin a amollar amarres. Els bots començaren a remolcar la nau mentre els gabiers que encara disposaven de tots els seus membres pujaven a les vergues dels pals per desfer les veles.

Fora del port, els bots s'alliberaren de les amarres que havien estirat la gran nau i les veles plegades caigueren per inflar-se amb un vent suau però suficient perquè la nau es pogués moure. El port quedava enrere lentament i en Marc no es movia del costat del barril.

Al senyal del capità, quan ja eren a tres milles, el jove metge ficà la mà dins els grans de blat i, suaument, estirà el cap de la seva estimada, la qual sortí amb els ulls aclucats i amb una pel·lícula de pols que encara li feia la cara més blanca.

—Ja pots sortir, Margalida —li digué en Marc emocionat.

La jove no contestà i intentà acostumar-se a la lluentor del dia assolellat, però estirà els llavis tot mostrant un somriure dolç d'esperança i, amb tendresa, s'aferrà al seu estimat heroi.

—Hem tingut sort! —cridà el capità—. Em pensava que les coses se'ns complicaven.

—Jo també ho he pensat per un instant..., un instant etern! —digué en Marc.

Els primers dies de travessa foren molt ràpids. Era estiu i el meltemi del nord empenyia la nau amb rapidesa. El capità informà que la velocitat mitjana era de nou nusos i això els permetia fer un camí de més de dues-centes milles per singladura. La gran quantitat d'illes de la mar Egea es deixaven ara pel costat d'estribord, ara pel de babord, amb rapidesa i la parella observava la costa amb ganes de trepitjar una terra que no els fos hostil, que els deixés gaudir del seu amor sense traves ni cap impediment, físic o moral.

El tercer dia, creuaren l'estret de Kíthira i entraren dins la mar Jònica. Ara venien unes dues-centes milles de mar oberta per arribar al sud de Sícilia. Hi estarien més temps perquè el meltemi havia quedat reclòs dins la mar Egea i ara els designis del vent eren imprevists. La calma arribà aviat i la nau navegava amb lentitud.

La tripulació suportava els raigs de sol que queien a plom sobre els seus cossos. L'aire no corria i la xafogor obligava a més d'un a llençar un poal fermat a la mar per després poder-se refrescar.

—Hi ha un tripulant malalt —digué el capità al metge.

—Té febre? —demanà en Marc sospitant el pitjor.

—Sí. Molta.

—Déu meu!

El metge corregué a veure el mariner i observà que encara era prest per diagnosticar la malaltia que no volia anomenar dins el vaixell, però, per si de cas, començà el tractament i l'aïllà, amb el consentiment del capità.

Al cap d'unes hores, les erupcions cutànies emergiren i el metge pogué confirmar al capità que la nau havia de restar en quarantena.

—En quarantena? De quants dies parlem?

—No ho sé. Hem d'esperar, almenys, dues setmanes des que aparegui el darrer malalt. Li aconsello que busqui un lloc segur on fondejar. No podem navegar en aquesta situació.

—Manaré hissar la vela de quarantena. Ningú no s'apropará si la veu hissada.

—Hem de racionar el menjar i la beguda. Necessitarem molta aigua; per tant és millor que recali en algun lloc en el qual puguem disposar-ne.

—Això encara és més difícil.

—Ha d'estar deshabitat o, com a mínim, no hem d'entrar en contacte amb la població. Podríem iniciar una epidèmia. Ho entén, no?

—Certament —declarà el capità, però després demanà—: No és que dubti de vostè, això mai no ho faria després de salvar-me la vida, però m'agradaria que m'expliqués com ha arribat a aquesta conclusió, o sia, com està tan segur que es tracta de la verola?

—Aquesta malaltia s'amaga dins el cos i creix a poc a poc. El primer símptoma és la febre alta. Després apareixen les erupcions. Però el més estrany d'aquesta plaga és que al cap de tres dies, normalment, desapareixen els símptomes i ens enganya tot fent-nos pensar que el pacient s'ha curat miraculosament. No és així, perquè el cinquè dia reapareix amb més força i més febre. Llavors, les vesícules es transformen en pústules que, en assecar-se, es converteixen en crostes.

—I què hi podem fer, aquí al vaixell? Disposa vostè de les medicines necessàries?

—No tenim medicines contra la verola. Però podem alleujar-ne els símptomes i intentar que no quedin marques a la pell d'aquells que la superin.

—I com? —demanà impacient el capità, que patia davant la possibilitat de perdre més membres de la seva tripulació.

—En primer lloc, hem de lluitar contra les febres altes. Ho farem amb tisanes d'ordi, visc, orenga i salze. Espero tenir-ne suficient, I, en segon lloc, hem d'utilitzar un ungüent de murta i herba barbera. També podem emprar la farigola o l'herba botera.

—I disposa de tot això, aquí, al vaixell? —demanà preocupat el capità.

—No. Pel que fa, sobretot, a les herbes desinfectants, he de baixar a terra. Però són bones de trobar i tenim temps, encara.

—D'acord. Aniré a estudiar les cartes per veure si trobo algun lloc per fondejar que sigui segur per tots els quadrants.

El metge, dins la seva desconeixença marinera, demanà ingènuament:

—Qui són els quadrants?

El capità no pogué evitar rompre a riure i després li digué:

—Tornaria a posar el meu cos a les seves mans, però mai no deixaria que governés la meva nau. Quan parlem d'un lloc segur per tots els quadrants, volem dir que està protegit del mal temps vingui d'on vingui: del nord, de l'est, del sud o de l'oest.

El metge es posà vermell mentre el capità partia cap a la seva cabina a estudiar les cartes i restà avergonyit fins que tornà amb la informació.

—A menys d'un dia hi ha l'illa de Skhiza, al sud del Peloponès. Allà ens podrem refugiar del mal temps i dels enemics.

—Molt bé —contestà el metge sense ganes de seguir parlant.

La nit caigué aviat. En Marc, protegit per un mocador, mesclava aigua bullint amb herbes picades i les feia beure al pacient aïllat a popa, darrere el timó. Era el millor lloc perquè l'oratge entrava per l'amura de babord i s'emportava tot l'aire viciat per la popa.

El malalt s'adormí amb els remeis naturals i en Marc corregué cap a na Margalida.

—Evita els contactes! No t'apropis a ningú! Només podem beure aigua bullida. Després del que hem passat, no em perdonaria que caiguessis malalta —digué preocupat en Marc.

—Faré tot el que em diguis, amor meu —la cara d'ella se submergí en la tristor.

—Bé! No t'amoïnis. Si ho controlem, res no passarà —digué ell per calmar-la.

—No és això. És que penso que si no fos per mi, aquests homes no patirien tant. Haurien esperat una mica més a partir de Turquia.

—Potser romandre en aquell lloc els hauria fet més mal que bé. El port deu estar tancat i ells haurien d'haver romàs tancats en quarantena dins el vaixell. Ja mai no podrem saber què hauria estat millor, però el que sí que has de saber és que faré l'impossible per controlar la situació.

—N'estic segura. Gràcies.

S'estiraren aferrats sobre el petit llit de proa i, esgotats com estaven pel viatge, s'adormiren profundament fins que el sol ja havia sortit altre cop.

En Marc s'apropà al capità.

—Ja podem veure l'illa. La veu? —demanà el mariner.

—No ho sé. Veig terra, però no estic segur de si és l'illa. Ho trobo molt gran.

—Segueixi la costa amb la vista fins al darrer punt cap a babord. Aquell que és més blanc és l'illa.

—Allò tan petit! És increïble! La vista dels mariners és excepcional. Mai no m'hauria adonat que allò fos una illa. Sembla part de la costa.

—No té res a veure amb la vista. Els mariners hem de saber sempre on ens trobem i tenim memoritzada la carta al cap. Sabem què hem de veure i ho veiem.

En Marc estava meravellat pels coneixements d'aquell experimentat capità i gaudia de conversar-hi. Era un món nou per a ell, molt diferent al món que sempre havia conegut, envoltat de savis de la medicina però apartat de la resta.

Al cap d'unes hores, la petita taca blanca aferrada a la costa es tornà gran i prengué forma, però el metge, que poc tenia de mariner, no destrià que veritablement era una illa fins que la voltaren i veié que l'aigua de la mar la separava del continent, a unes poques milles.

Amb les veles plegades, la cadena que amarrava l'àncora rodà per caure dins la mar i deixà la nau quieta amb l'únic soroll de la vela de quarantena que, hissada al pal major, retrunyia amb el vent que la movia.

—La nau és seva, metge! —cridà el capità—. Què hem de fer?

En Marc esperà uns instants i recordà la llista mental que havia fet durant la nit anterior:

—Hem d'airejar la nau. Totes les flassades, llençols i teles han de netejar-se amb aigua bullint. Faci encendre un gran foc a coberta i posi-hi una caldera. L'aigua de mar serà bona. Després tothom ha de dormir a coberta. No vull ningú en espais tancats. Tot el menjar ha d'ésser cuinat.

—D'acord, d'acord —digué el capità, que no estava acostumat a rebre ordres, però que també era conscient de la gravetat de la situació.

—No he acabat encara —digué en Marc seriós—. Necessito baixar a terra i recollir herbes. Han de venir amb mi cinc o sis homes per trobar aigua i, si tenim sort, fruites.

—Ara mateix desembarcarem un bot —contestà el capità.

Tot seguit, trià sis homes per acompanyar el metge. Carregaren barrils buits i estancs. El capità els ordenà portar armes, però els recordà que no podien disparar per caçar. No volia que ningú s'assabentés de la seva presència en aquell lloc.

—Guardi la meva estimada. Està espantada —li pregà el metge mentre baixava la xarxa per pujar al bot.

—Ho faré.

Deixaren el bot en una petita platja d'arena, envoltada de tallats i penya-segats que queien a plom. La pujada es presentava complicada i, per tant, els barrils haurien de romandre sobre la sorra i esperar a ésser emplenats de mica en mica amb bótes de pell que els mariners podien penjar-se a l'esquena. L'única opció sensata, encara que més lenta i pesada, era que un mariner esperés a la platja i anés omplint els barrils amb l'aigua que contindrien les bótes, una vegada aquestes haguessin descendit fermades amb les cordes, per després tornar a pujar i repetir tot el procés cinc o sis vegades.

Hi hagué sort perquè la península del Peloponès, que s'unia al continent per l'istme de Corint, tenia massissos alts que portaven molts rierols cap a la mar, a part de dos rius importants. Per tot això fou fàcil trobar aigua i els viatges de bótes amunt i avall seguiren un ritme frenètic que esgotà el mariner encarregat de rebre-les, buidar-les dins els barrils i tornar-les a enfilar perquè les pugessin.

Per altra banda, el metge buscava les plantes curatives amb desil·lusió perquè no trobava tot el que necessitava. La màquia era la planta dominant i no deixava créixer altres espècies amb facilitat.

Els mariners havien omplert els barrils i descansaven sobre la sorra blanca i encalentida pel sol. Xiularen al metge per avisar-lo que era hora de tornar al vaixell.

En Marc només havia recollit unes poques fulles d'herba botera, que de cap manera serien suficients, i s'amoïnà profundament. Necessitava més temps i cridà als mariners, des de dalt del penya-segat, que partissin i tornessin al cap de dues hores. Encara era prest i disposava de moltes hores de llum. Els mariners assentiren amb gestos exagerats i, després de carregar els barrils pesats, empenyeren el bot cap a l'aigua tot deixant el rastre de la quilla sobre la sorra.

La costa era mediterrània i per algun lloc hi havia de trobar el que buscava, però on devia ésser?, es demanava el metge. Havia escorcollat el terreny pam a pam. Només li faltava pujar un turó, tan abrupte que semblava perillós fer-ho.

Començà l'escalada amb passes atemorides, temptejant cada roca on posava el peu abans de deixar-hi caure tot el seu pes per donar la següent passa. Però, al cap de poc temps, es trobà lleuger i començà a caminar amb molta més agilitat i més de pressa. Notava que dins del seu cos encara hi havia amagada la seva destresa de talaier, aquella que havia après de ben menut devora el seu pare, i se sentí complagut.

A tres quarts de turó trobà la mata desitjada i somrigué. Omplí la bossa de pell amb les fulles desinfectants i mirà cap al fons per veure el vaixell ancorat. No resistí la temptació i pujà fins al cim.

Restà assegut sobre una penya pelada que sobresortia i contemplà la mar. Feia molts anys que no ho havia fet i les imatges confuses de la seva infantesa tornaren com una ratxa inesperada de tramuntana.

Respirà profundament i assaborí aquell moment durant mitja hora. Allà dalt, es trobava lliure i els records no el turmentaven, més aviat al contrari, l'omplien de joia.

Però havia de tornar i dedicar-se a la seva tasca de metge. A més, feia hores que na Margalida era sola i l'enyorava. Baixà a corre-cuita i amb seguretat. Els mariners l'esperaven, altre cop, sobre l'arena.

—Hi ha dos altres mariners malalts —li explicà l'oficial al càrrec de la petita tripulació.

—Febre…, no? —demanà retòricament el metge.

—Sí. Sembla que molt alta.

El bot s'apropà empès per les pales dels rems al vaixell i el metge pujà la xarxa col·locada com a escala a la banda de babord.

Sense dir res, ni tan sols a na Margalida, es capficà dins la seva tasca: aïllà els nous casos, els baixà la febre i preparà ungüents que requerien maceració. Després es reuní amb el capità.

—Ha fet netejar la nau? —demanà en Marc.

—Sí. Tal com ha demanat vostè.

—I ha deixat clar que la tripulació ha de dormir a coberta?

—També. Tot està sota control, per part meva —s'aturà uns segons i, després, amb condescendència, li demanà—: I vostè? Ho té controlat?

El jove acalà el cap i digué:

—Només podem esperar i evitar contagis. Potser els més joves haurien de dormir a la platja.

El capità posà un semblant d'estranyesa. No li agradà la idea de desfer-se de la seva tripulació i deixar el vaixell sense capacitat de maniobra, però confiava plenament en el metge i li digué que l'endemà en parlarien.

Havia arribat el moment de retrobar-se amb el seu amor i, amb educació, s'acomiadà del capità.

Na Margalida semblava nerviosa, però es tranquil·litzà quan veié que en Marc s'apropava. Li agafà les mans i li digué com l'havia enyorat, que els seus pensaments de tot el dia s'havien centrat en ell i que, mentre mirava per sobre la borda cap a la platja, intentava dibuixar la seva cara a la vora de la mar, a la platja i, fins i tot, a cada penya dels tallats que quasi feien la platja inaccessible.

Ell acaronà els cabells rossos de la noia, però no parlà. Només volia observar-la i escoltar-la. Potser sentir el seu alè calent que li colpejava la pell de la cara. Estarien molts dies reclosos en aquella nau que, a pesar de trobar-se sota quarantena, els oferia més llibertat que Constantinoble.

L'únic entrebanc era evitar que ella es contagiés i allà no tenia cap capsa de vidre per tancar-la-hi.

El blat de mar

Assegut a la mateixa penya on va seure el dia que arribà al lloc on havien de passar la quarantena, en Marc gaudia de la vista i mirava cap a l'horitzó intentant distingir alguna taca dins la mar, però, en el fons, el que realment feia era navegar per una mar de pensaments: una mar fosca que ocultava la línia del futur, encara més obscura. No sabia què trobaria a la seva terra. No en coneixia els costums i recordava poca cosa de la religió catòlica.

Era hora de partir. Havien passat més de quatre setmanes i la situació estava controlada. Les dues darreres setmanes havien estat una espera angoixosa per comprovar que cap altre mariner queia malalt. Tot ben diferent a la primera quinzena, quan sis mariners havien emmalaltit. Només un havia mort, i aquesta mort fou inevitable a causa de la debilitat que el malmès cos del mariner encara patia després de la batalla.

Les darreres dues setmanes havien estat un somni per a la parella. Baixaven a terra i feien llargues passejades que duraven hores. S'agafaven la mà i parlaven sense aturall. Na Margalida havia recuperat l'ànim i no deixava de contar-li anècdotes de la seva família. En Marc, quan podia, li relatava la seva vida a Alger, li parlava del seu vell amo i mestre, d'en Mohamed i, fins i tot, li contà que per unes pedres al ronyó havia arribat a Istanbul.

Na Margalida pertanyia a una família de comerciants que havia fet diners amb el blat, potser, encara que ella no n'era conscient, aprofitant-se de la manca frumentària de Mallorca, que obligava els consells a comprar blat de fora. Tot es basava en el comerç i a endeutar l'illa. Els catalans antics ofegaven les illes amb préstecs, els interessos dels quals només precipitaven els illencs cap a un altre endeutament encara més gran. Els impostos, dels quals la noblesa estava exempta, eren grans. La superfície de l'illa es veia reduïda per la temença de ràtzies corsàries i això obligava els pagesos a sembrar enfora de la costa, tot convertint la petita superfície de l'illa en un camp minúscul d'on poc suc es podia treure. A més, les pluges irregulars podien inundar els camps, o bé la seva manca absoluta podia tudar la collita.

Alguns gaudien de drets de llinatge que els donaven poder i riquesa, d'altres començaven a amuntegar diners, però la immensa majoria es moria de gana. Na Margalida vivia en un altre món, lluny de la realitat del poble.

El seu segrest havia estat fortuït, en un petit viatge entre illes amb la mala sort de trobar-se amb una galera turca. La nau anava carregada de blat, quinze mariners, na Margalida i un cosí d'aquesta que havia mort en l'abordatge. La seva bellesa, més tard, l'havia convertida en una esclava diferent de les altres: no volien demanar un rescat per ella, encara que hauria pogut ésser molt alt. Volien lluir-la com una bellesa de la natura i oferir-la com a present a mandataris importants.

Però ara tornava a la seva Mallorca estimada. Volia trepitjar el sòl de la seva casa de Ciutat, i quan tornés el bon temps, traslladar-se a la possessió que tenien prop d'Alcúdia. Allà vivia el seu avi la major part de l'any. El seu estimat avi, que havia començat el negoci familiar i havia enriquit la família en pocs anys.

—Alcúdia? Has dit Alcúdia? —demanà interessat en Marc—. Jo vivia a poc camí d'Alcúdia. Amb el meu pare, vigilava les dues badies: la de Pollença i la d'Alcúdia. Però no recordo gaires coses.

—Ho podràs veure aviat!

Els joves planejaven amb pinzellades d'il·lusió la tela del seu futur, amb ganes de gaudir de la vida, i ignoraven que la realitat a l'illa era de les pitjors: fam, diferents governs, inquisició i bandolerisme estès com una plaga feien que l'illa es trobés immergida en un caos de difícil solució.

La nau capitanejada pel seu bon amic Ferdinand embarcà l'àncora que havia romàs dies i dies enterrada dins l'arena, darrere l'illa de Skhiza. Amb vent lleuger inflà les veles cap a ponent per passar entre l'illa de Malta i Sicília. En set dies, si el temps acompanyava, arribarien a França.

La parella dinava amb el capità mentre aquest els explicava el pla de navegació i els indrets per on passarien sense tocar terra.

—Seria un greu inconvenient que recalés al sud de Sicília? —demanà respectuosament na Margalida.

En Marc es quedà estupefacte davant la pregunta de la seva estimada al capità. Mai no li havia parlat d'aquella aturada.

—No l'entenc, senyoreta Margalida. Si no s'ofèn, per què vol aturar-se en aquella illa? Allà només hi fan vi i hi sembren blat.

—Precisament, capità. És pel blat. Sicília porta blat a Mallorca i contínuament en surten vaixells carregats fins a dalt. Aquest blat és conegut a la meva illa com «el blat de mar». Segur que allà ens seria fàcil trobar un vaixell que fes el trajecte directe a Mallorca.

En Marc no digué res perquè estava perdut.

—Deixi'm mirar-ho a les cartes —el capità pegà un cop d'ull ràpid a les cartes de navegació—. És possible recalar a prop de Siracusa. No farà falta entrar a port perquè un bot els deixarà a terra. Allà, hi trobaran un gran port que bàsicament fa el comerç del blat.

Na Margalida somrigué. Era un al·lota espavilada i coneixia com funcionava el comerç. Ho havia après del seu avi. Els contactes a terra serien fàcils i tan aviat com partís una nau, ells s'hi embarcarien.

Més tard, sense la presència del capità, en Marc digué:

—Estic encantat de la teva idea, però em preocupa com pagar els passatges. Creus que els diners que tenim seran suficients?

—Penso que sí. La comoditat en un vaixell de càrrega no és de lloar. No té punt de comparació amb aquest vaixell de guerra. Hi ha insectes i rates. No crec que ens cobrin gaire. De fet, és possible que coneguin la meva família i ens surti de franc.

—I jo, què faré quan arribi? Em veuran com un estrany, potser em veuran com un pirata.

—No ho crec. Quan els captius alliberats tornen, són tractats amb cura. Fins i tot n'hi ha d'admirats.

—He sentit parlar de la Santa Inquisició. M'han dit que fa actes de fe i que els mètodes que utilitza són inhumans— digué trasbalsat el metge.

—La Inquisició no actuarà contra tu. A Mallorca, fins ara, els actes de fe han estat minsos i encara hi ha hagut menys càstigs. A més, els inquisidors actuen contra els conversos. Els controlen: volen saber si de veritat han abandonat la seva antiga fe i han acollit la catòlica de debò. També controlen els intel·lectuals i els capellans. Suposo que has sentit parlar de la reforma luterana, no?

—En sé alguna cosa. Sé que al nord d'Europa s'està imposant aquest corrent revolucionari. També he sentit que a la Península s'han dut a terme moltes execucions, com cremar la gent viva a la foguera. És veritat que l'Església fa aquestes coses tan espantoses? —demanà incrèdul i atemorit el jove.

—Sí. També ho he sentit. Però et prometo que a Mallorca no ha passat res d'això encara.

—Encara? Què vols dir amb «encara»? Potser penses que pot passar?

Na Margalida es quedà muda i mirà cap a un altre lloc. No volia parlar d'aquell tema. Només desitjava pensar en la seva gran casa i en els seus familiars. I tornà a repetir que no es preocupés i que seria ben rebut per tothom.

En Marc veié que na Margalida volia fugir d'aquelles converses, que volia ocultar-se sota un vel fals de la realitat, i això no li agradà. Fins llavors havia idealitzat aquella noia i havia pensat que la seva perfecció no només era de cos, sinó també espiritual, però cegat pel seu amor trobà excuses per entendre-la. Segurament el seu llarg captiveri l'havia feta girar d'esquena a la realitat i, posteriorment, el seu alliberament l'havia convertida en una nena espantada que només buscava un recer de seguretat i comoditat.

Les converses minvaren durant els dos següents dies, però no les mirades tendres ni els acaronaments muts. En Marc no la instigà amb preguntes que l'haurien fet entristir.

Arribaren aquell mateix matí i l'àncora tornà a caure amb rapidesa sobre l'arena d'una cala, a poques milles de Siracusa. Un camí de carros serpentejava al llarg de la costa. Aquell era el seu camí.

—Un grup de vuit homes els acompanyaran fins a l'entrada de la ciutat. No és segur caminar sol per aquests paratges. Els bandolers són per tots els indrets del Mediterrani i no m'agradaria no poder acabar la meva feina bé —digué el capità mentre estrenyia la mà al metge.

—Gràcies de tot cor. Mai no oblidaré el que ha fet —contestà en Marc.

—Jo tampoc no l'oblidaré mai. Espero que tingui sort en la seva vida futura. Si mai necessita res de mi, em trobarà tard o d'hora al port de Marsella.

Després de vestir-se a la moda europea, el metge i na Margalida baixaren al bot que els havia de portar a la riba.

Mentre les pales rompien el silenci de la mar apagada, la parella s'acomiadava aixecant la mà tot observant el vaixell francès. Després la imatge de la terra seca inundà les pupil·les dels amants. Dins la llunyania, es veia una columna de fum que s'alçava enlaire tot emanant un aire sulfurós i de sofre que arribava tímidament fins a la vora de la mar.

—És el volcà! —cridà un mariner mentre assenyalava la muntanya de foc.

El magma eixut es convertia en pedra tosca: era una pedra lleugera i negra com la foscor de l'hivern i tenia centenars de forats a la seva superfície. Aquests forats tallaven com ganivets. Els senyals de la proximitat de casa s'anaven amuntegant lentament i després de pujar el petit cim de terra coberta de plantes de fonoll marí, aparegueren els inacabables camps de blat. Era com la mar: el blat marcava la línia difusa de l'horitzó, de la qual s'aixecava alguna muntanya alta, com l'Etna. El sol i el color groc del blat madur cegaven els joves, que hagueren d'aclucar els ulls.

Escortats pels mariners francesos, caminaren pels camins sinuosos que en un moment serpentejaven per la costa i al següent s'endinsaven dins els claps d'arbres que separaven els camps de blat. Na Margalida se sentia fatigada, però no digué res i intentà dissimular el seu cansament. Tenia ganes d'arribar a la ciutat i trobar un vaixell.

A poca distància de les portes de la ciutat, els mariners s'acomiadaren tot desitjant sort a la nova parella. El metge havia estat un salvador per al seu capità, però també per a molts d'ells, i més d'un es lamentava que els hagués de deixar.

Entraren a la ciutat sense cap entrebanc i aviat enfilaren el pendent que baixava al port per trobar les cases de blat: els magatzems de muntanyes de gra que abastien gran part de la Mediterrània occidental.

—Què volen? —demanà un treballador a qui li mancaven quasi totes les dents.

—Vull parlar amb el propietari —digué segura na Margalida.

El carregador de blat somrigué mentre mostrava les genives nues, com si fos un nadó envellit.

—L'amo no ve mai al magatzem. Les seves mercès hauran d'anar al centre de la ciutat. Allà hi té la casa de contractació.

—D'acord. Com es diu el senyor i on es troba aquesta casa? —demanà amb un to quasi irrespectuós.

El treballador sense dents li explicà com trobar la casa i li donà el nom de l'amo, que era Ferrer.

En Marc no entenia el comportament de na Margalida. Sempre havia semblat fràgil com el vidre de les cristalleries, calmada en el seu to com el cant d'un ocell petit, respectuosa envers els altres com una donzella de la cort. No entenia què podia haver causat aquesta transformació en ella i això el trasbalsava.

—Què et passa, Margalida? Per què has parlat amb un to despectiu a l'home del magatzem? —li demanà.

—Com volies que li parlés? No t'entenc. Tenim pressa per trobar el senyor Ferrer. Segur que coneix la meva família.

En Marc no insistí quan veié que no s'havia adonat de la seva descortesia i seguí caminant fins a arribar a un gran casal.

—Deu ésser aquí, espera't. Ja me n'encarrego jo —digué na Margalida.

En Marc esperà mentre ella parlava amb un home que era a la gran porta, però aviat li féu un senyal amb la mà perquè s'hi apropés.

—Ara ens rebrà!

En pocs minuts, el senyor Ferrer sortí i, després de saludar amb educació, li demanà quin era aquell motiu tan urgent que l'havia duta allà.

Na Margalida li explicà qui era la seva família i li donà detalls de les seves desventures. Després li explicà que anava acompanyada d'un metge amic. Aviat la cara del comerciant s'arrodoní amb un somriure i l'agafà de les mans.

Entraren dins la casa i els oferí dues cambres separades on poder descansar. Els criats portaren menjar i beguda. També aigua calenta amb essències de flors perquè es poguessin banyar. Ella somreia com una nena a qui li han fet un present desitjat i corregué cap a la seva cambra. Ell restà immòbil al passadís folrat de marbre. La casa era tan luxosa que s'hi trobava estrany. Mai no havia vist tant de luxe, ni tan sols recordava tanta riquesa al palau de l'imam el dia que anà a curar-lo.

Na Margalida havia desaparegut i quasi no s'havia adonat que en Marc l'observava mentre corria joiosa pel vestíbul gegant del casal. El senyor Ferrer els havia dit que el sopar era a les vuit i que llavors tindrien temps de parlar i de trobar una solució al seu problema.

La banyera fumejava i desprenia aromes perfumades. En Marc s'ensumà la camisa i trobà que era bona idea banyar-se. Mirà el llit de llençols brodats i veié que hi havia robes netes a sobre.

Es ficà dins l'aigua calenta i deixà de pensar. Estava esgotat del viatge i de la quarantena. També estava cansat d'estar espantat del seu futur. Des dels nou anys, el futur sempre se li havia presentat fosc i sense cap seguretat. Ara passava ànsia pel que trobaria a la seva illa després de tant de temps, però també es preocupà per na Margalida. La proximitat a Mallorca la transformava. Les riqueses la feien somriure, però aquest somriure no era el de les vetllades agradables a la caseta humil de l'escola de metges. Aquí la seva mirada era esquiva. En Marc, per molt que s'ho proposés, no podia fixar-se en els seus ulls, perquè aquests anaven d'una banda a l'altra sense trobar aturall.

S'estirà sobre el llit i es quedà adormit fins que el criat el despertà per anar a sopar. Es vestí amb lentitud per fer temps i baixà al menjador.

El senyor Ferrer i na Margalida ja estaven parlant mentre bevien un vas de vi blanc de Marsala. Tots dos reien encara que guardaven les formes.

Ella el mirà mentre baixava les escales i li oferí un somriure sincer. Això animà en Marc, perquè pensà que potser la seva fredor tan sols es devia al fet de comportar-se com la filla d'un ric mercader, avesada a les riqueses. Però el seu bon ànim durà poc, perquè durant el sopar la conversa amb el comerciant sicilià fou superficial fins al final.

—La setmana que ve surt un vaixell cap a la Ciutat de Mallorca. No és molt còmode, però intentaré que els puguin acomodar tan bé com sigui possible.

—És molt amable. El meu pare no oblidarà mai el que està fent per nosaltres —digué na Margalida amb educació de senyoreta per després girar-se i fer l'ullet a en Marc tot volent dir que ho havien aconseguit.

La ciutat de Mallorca

Les forces de la natura semblaven haver-se conjurat contra els viatgers durant la segona singladura de la travessia que partia de Sicília. S'aixecà una gran tempesta que féu perillar la nau, la seva tripulació, els passatgers i el carregament. L'aigua inundava la coberta i alguna vegada no s'observava res més que la mar, perquè la nau quedava submergida durant segons inacabables per després sortir i així desallotjar l'aigua acumulada. Les veles cridaven com si compartissin, amb els viatgers, el temor pel vent que havia embogit i que xiulava com si algú li hagués fet un mal mortal a les entranyes.

Na Margalida tornava a agafar les mans del metge, del seu salvador, i tornava a semblar la nena petita i desemparada de mesos enrere. Plorava sobre el pit d'en Marc i no deixava de resar al seu déu tot demanant pietat i misericòrdia. En Marc la consolava, encara que el seu cos es trastornava per la gran maregassa que sacsejava la cambra del vaixell on es protegien. Però havia d'aguantar i ho féu. Tancava els ulls i intentava seguir el moviment de la gran nau mentre consolava na Margalida amb el tacte de les seves mans.

I això durà fins que l'illa de Menorca quedà a estribord una matinada. No havien parlat, ni havien menjat. Només havien ingerit líquid més per la insistència del metge que per les ganes de fer-ho.

Enrere havien quedat vuit dies de passejades a Siracusa, on els joves es retrobaren. L'amabilitat de l'amfitrió, la bullícia de la ciutat i les esperances renovades havien omplert de joia la jove i, encara que ara no havia agafat les mans d'en Marc perquè ja es trobaven a la seva terra, sí que deambulaven pels carrers l'un al costat de l'altre sense parar de parlar.

—Tinc moltes ganes que coneguis la meva família! —deia ella amb alegria.

—Jo també vull conèixer-los —contestava ell amb menys passió i més temença.

El metge no sabia si seria ben rebut per la família de na Margalida, ni sabia si podria arribar a formar part d'aquella societat els costums de la qual havia oblidat feia anys.

L'únic que encara romania en els seus records de Mallorca eren sensacions: la calidesa d'una llar, el to tranquil·litzador de la veu de la mare, la protecció del pare i la despreocupació innocent pel futur etern d'un nen. Però es desencoratjava quan el seu intel·lecte filosòfic feia que s'adonés del fet que aquestes sensacions no només passaven a Mallorca perquè, de ben segur, eren sensacions humanes i universals, innates.

—Creus que la teva família m'acceptarà? —demanà en Marc quan eren a mig canal entre illes.

—Què vols dir? —demanà na Margalida descomposta.

—No ho sé del cert. Vull dir si no em veuran com un moro..., com un pirata!

—Quan els contem el que has fet per mi, t'ho agrairan de tot cor. Pots estar-ne ben segur.

—Però, i nosaltres? Tal volta no vols que coneguin els nostres sentiments. És que ja no hi ha res entre nosaltres? Potser no recordes el que va passar a la cabana? —demanà ell espantat.

Ella callà uns instants i apartà la vista de la mirada fixa d'en Marc.

—No ho han de saber —digué en veu baixa.

—No?

—A Mallorca una dona s'ha de casar. Ho entens? El que vam fer a la barraca és prohibit.

En Marc callà perquè ho entenia. L'honor de na Margalida no podia esquarterar-se com la pell dels esclaus remers.

—Haurem de començar de bell nou quan arribem —sentencià ella.

El jove metge no digué res més. No entenia per què encara havien d'aparèixer més traves al seu amor i es començà a demanar si aquella nit, dins la caseta on s'havien ocultat de la resta del món, ella li havia estat sincera quan li va dir que potser era la situació adversa que els envoltava allò que feia emergir els sentiments d'amor.

Per a ell no ho havia estat i se sentia malalt d'esperit.

La costa de llevant es destriava dins la lluentor d'una lluna rodona i gran com mai no l'havia vist. Era Mallorca: la terra que l'havia vist néixer. Es demanava què faria la seva família, qui seria el talaier del seu poble. Potser era el seu germà, perquè la feina de talaier passava de pares a fills.

Però aviat l'alba prengué forma i el vaixell virà al cap de Ses Salines per enfilar el cap Enderrocat i entrar dins l'ampla badia de la Ciutat de Mallorca.

La Seu s'alçava majestuosament al fons del port. Feia molt pocs anys que l'havien acabada i en Marc mai no l'havia vista. De fet, mai no havia estat a Ciutat. Sí que havia sentit dir que s'hi construïa una gran catedral, tan alta com poques, i ara, davant aquella imatge, es quedà bocabadat.

Na Margalida agafà les mans del metge mentre observava la seva ciutat.

—Pensava que ja mai més no la tornaria a veure.

Ell se sentí complagut per la felicitat de la jove i li demanà on era casa seva.

—Veus la Seu?

—Sí. És inevitable, si no ets cec —contestà ell rient.

—Just a darrere. Anomenem aquesta part de la ciutat «vila de dalt».

—De dalt de què?

—La Riera divideix la ciutat en dues parts i en dos bàndols, podríem dir —explicà ella.

—No sé de què em parles.

—Hi ha moltes lluites entre els ciutadans. Diuen que tot començà amb els Anglada i els Rossinyol, però jo no ho recordo. Era molt petita.

—Què va passar?

—Tot començà al carrer de Sant Jaume. En Lluís i en Francesc Anglada, que eren germans, acompanyats d'altres familiars, toparen amb en Martí i en Nicolau Rossinyol. Aquest darrer havia festejat na Isabel Anglada i quan la demanà per muller, els Anglada no ho acceptaren. La família Rossinyol, diuen, escampà injúries i males paraules contra na Isabel. Hi hagué una forta discussió que arribà al Born, on el nombre d'Anglades havia augmentat. Els donaren caça pels carrers fins que arribaren a la plaça de la Seu. Els Rossinyol anaven acompanyats dels Sant Joan, els Pont, els Comelles i d'altres que vivien a la part de dalt. A la plaça, els Anglada desembeinaren les espases i donaren mort a Jordi Sant Joan i a Joanot Rossinyol. La resta dels Rossinyol s'amagaren dins la Seu, on hi havia el virrei, doctors del Reial Consell i jutges que oïen missa. Aviat sortiren, però els Anglada s'havien amagat al monestir de Sant Domènec i els frares havien tancat les portes ben fort.

—Vols dir que els frares tancaren la porta al virrei? Tant de poder tenien? —demanà en Marc, que no entenia aquesta qüestió.

—És clar! —digué ella sorpresa—. Els frares tenen poder absolut sobre les seves possessions. Tenen els seus jutges. Gairebé són intocables.

—I què passà després?

—Posaren guardes als voltants de tot el convent, però no pogueren entrar fins que arribà l'ordre de la Cort.

—Sembla increïble! —exclamà el jove.

—Increïble! L'increïble és que la ciutat es dividí en dos bàndols i els assassinats feien córrer la sang. Recordo que de petita sentia sovint «han matat un Canamunt..., han ferit un Canavall».

—Vols dir que els de la ciutat d'avall lluitaven contra els qui vivien a dalt?

—Potser no és tan simple. Però les venjances es multiplicaven i més tard arribaren a les viles.

—Com?

—Amb els bandejats.

—Bandolers, vols dir?

—Exacte. Es refugiaven a les muntanyes i a les cases de camp per no ésser trobats. Els diferents nobles i ciutadans els empraven com a arma tot donant-los protecció o menjar.

—I ja s'ha acabat aquest mal assumpte dels Canavall i Canamunt? —demanà en Marc, preocupat per la situació en què es trobava Mallorca sencera.

—Crec que no —contestà ella sense alarmar-se, potser perquè ho havia viscut tota la vida.

—I què fa el vostre rei?

—És millor que a partir d'ara diguis «el nostre rei» o pots tenir problemes.

—D'acord.

—Aquí tenim un virrei, tenim un Gran Consell, tenim els jutges de les barriades, tenim els cavallers i tenim la Inquisició. Entre ells no s'aclareixen i al final el que regna és la inseguretat.

En Marc s'espantà. Semblava un malson. La seva terra enyorada, encara que desconeguda, s'havia transformat.

Molts anys enrere, els vilers s'havien aixecat en un moviment que anomenaren germanies i que havia nascut a València. Els menestrals i els pagesos marxaren contra la Ciutat de Mallorca per lluitar per una igualtat que no existia, per lluitar contra una distribució injusta de les riqueses, contra uns impostos molt feixucs dels quals la noblesa i la clerecia estaven exemptes i per la qual cosa s'enriquien més i més. Lluitaren contra un sistema de préstecs que venien de Barcelona i que només enfonsaven més els mallorquins, excepte aquells que hi comerciaven i que, més d'una vegada, amagaven la mercaderia per esperar el moment en què la manca de blat era tan gran que podien apujar els preus.

El problema dels Canamunt i Canavall era més complex que una simple història de rivalitat entre famílies. Venia de molt temps enrere i no s'aturava a causa de la complexitat de les jurisdiccions, especialment la reial, l'eclesiàstica i la baronial, que no hi posaven remei moltes vegades hi estaven implicades.

Però en Marc (per no dir tothom) desconeixia tot aquell entramat, a pesar d'haver estat una víctima d'un dels dos mals majors d'aquella època: els corsaris i el bandolerisme.

La nau del blat de mar es movia estirada per bots i es preparava per amarrar al port de la ciutat. Una gran muralla amb quantitat de bastions la feia inaccessible i unes grans portes massisses comunicaven el port amb l'interior de l'urbs.

Ningú no els esperava, però aviat els homes que treballaven per al senyor Llançol, que era el pare de na Margalida, s'hi aproparen i la reconegueren.

Els crits de joia rebotaren a les parets de marès de la muralla i aviat aparegueren els jutges i algun oïdor del virrei.

Ningú no sortia de la seva estupefacció i aviat demanaren explicacions del seu alliberament quan tothom la donava per morta.

Na Margalida, al costat d'en Marc, explicà breument el desenllaç de la seva aventura, però el seu semblant fatigat féu veure als homes de poder que l'havien de portar a casa. Ordenaren fer arribar un carruatge i aviat deixaren el port per pujar a la part alta de la ciutat.

Serpentejaren per la riera i en Marc es fixà en els nombrosos jardins que hi havia al costat d'aquesta. Creuaren el pont de la Carnisseria d'Avall per davant l'església de Sant Nicolau i entraren al carrer dels Verins.

En aquest punt, en Marc s'entristí perquè el mercat era minso en productes i hi havia molt poca gent. Tot al contrari dels mercats alegres que ell coneixia a terra d'Al·là.

El carruatge s'aturà davant un gran casal sobre el carrer empedrat i na Margalida vessà una llàgrima continguda i pesada en veure casa seva.

Els criats sortiren i també ploraren. La petita havia tornat i estava viva. S'abraçaren quan na Margalida va haver descendit del carruatge i desenes de vianants s'aturaren per veure la imatge i després poder-ne parlar a les tavernes. La notícia que la filla dels Llançol havia tornat viva correria la ciutat de costat a costat en poques hores i també tothom parlaria d'un jove captiu metge que l'havia alliberada i tornada a casa.

—I els meus pares? —demanà la jove.

—Són a la vila. La seva mare no ha recuperat l'alegria i el seu pare va decidir passar tot l'estiu a la possessió. Ho ha d'entendre, senyoreta. El seu pare ha obrat bé. La donaven per perduda. Esperaren mesos i mesos. Enviaren mercaders a Alger, a Bugia i a Tunis per esbrinar si l'havien segrestada. Però res no saberen i la tristor envaí l'ànima de la senyora Isabel —el vell criat respirà per després seguir excusant l'absència dels pares de la noia—. Fins i tot enviaren un mercader a Turquia i no pogueren esbrinar res. Semblava que la terra o la mar l'havien feta esvair. No enteníem què passava i la manca d'informació féu que la seva mare caigués en la desesperació. A la possessió, s'entreté més o pot passejar amb tranquil·litat. La ciutat l'entristia. On era, senyoreta?

—Em tenien tancada als banys d'Istanbul. Em volien regalar a un emir —digué amb una mirada que vagava pel carrer que portava a la Seu, però segons després de l'abstracció, digué—: Demà partirem cap a la possessió. El patiment de ma mare ha de finir.

El casal era majestuós i les dependències nombroses. Una escala ampla de marbre pujava al pis on hi havia els dormitoris. En Marc no s'havia separat d'ella ni un instant, però en arribar a la tercera porta del llarg passadís, na Margalida li comunicà que aquella era la seva cambra, on li prepararien un bany calent i on podria treure's la fatiga del darrer viatge per la mar. Tot seguit li digué que es veurien a l'hora de sopar.

En Marc es quedà al replà i l'observà mentre ella, amb passes lentes pel cansament però amb mirada alegre per l'arribada a casa, caminava cap a la cambra que havia estat el seu món. Sentí que l'escena de Sicília es repetia: grans sales, molts de criats, banys amb essències i l'espera del sopar per poder tornar a veure-la. Tot aquest procés el turmentava i no l'entenia. Es demanava si sempre seria així, si sempre haurien d'actuar davant les mirades dels criats, de la família o de la gent del carrer i, per uns moments, enyorà la barraca apartada i quasi oculta de l'escola de metges.

Val a dir que també se sentia apallissat des de la tempesta que li trastornà el cos i el bany d'essències el recompongué.

L'hora del sopar arribà tot i que havia semblat que trigaria una eternitat. Na Margalida s'havia vestit amb roba exquisida i que la feia encara més bella. Duia els cabells rossos recollits lleugerament sota el coll delicat i blanc i les faccions de la cara es remarcaven amb perfecció.

Parlaren del viatge de l'endemà. Havien de partir a trenc d'alba per poder arribar amb claror. No era convenient que la foscor de la nit els agafés als camins tortuosos i amb vegetació, perquè un atac dels bandejats era més que probable. La prudència del criat major havia previst que una escorta de sis homes amb arcabussos acompanyaria el carruatge.

Na Margalida li contà que es trobaven en època de collita i que a la possessió podrien gaudir de gran quantitat de fruits. Allà també coneixeria el seu avi, tan estimat i impulsor de la riquesa de la família.

Tot havent sopat, es retiraren per acabar de treure's el cansament de sobre i per poder afrontar una jornada dura sobre les rodes del carruatge. En un moment d'intimitat efímer davant les portes de les cambres que els separaven, na Margalida li agafà les mans i li donà les gràcies.

En Marc no pogué agafar el son i s'aixecà per observar el carrer des de la finestra, que estava oberta a causa de la calor estiuenca. S'estranyà perquè els carrers eren buits. Només, de tant en tant, alguns ciutadans en petit nombre passaven sense parlar massa i tots anaven armats amb espases. Ho trobà molt diferent a l'ambient càlid d'Alger. Aquí la ciutat era fosca i l'únic soroll que destorbava el silenci de la nit eren les campanades de la Seu i de les moltes esglésies que es repartien entre els dos costats de la riera.

La Mallorca de la fam

A trenc d'alba, uns cops a la porta de la cambra d'en Marc el despertaren. Era el criat que l'avisava que era hora de partir i que el desdejuni era llest sobre la taula del menjador.

Menjaren aviat i amb presses. Na Margalida estava ansiosa per veure els seus pares i volia deixar Ciutat de Mallorca.

Sortiren pel pont de la Porta Plegadissa quan el sol mostrava els seus raigs matiners. Els cavallers que custodiaven el pont, sempre interessats en el control de l'accés a la ciutat, no hi posaren cap impediment quan saberen que es tractava de la filla d'en Llançol.

Havien de passar per molts de pobles, però l'objectiu era arribar a Inca cap al migdia, aturar-se per fer un rosec i després arribar a la possessió abans que caigués el sol.

Na Margalida no parlà massa i en Marc observava els camps que envoltaven els camins i els pagesos que hi treballaven. Eren famílies senceres que recollien el blat ja daurat.

—Sembla que la collita és bona, enguany! —digué en Marc per rompre la monotonia del balanceig del carruatge que, dotat de molles de ferro, evitava les sacsejades violentes tan comunes en els carros.

—No t'ho creguis! Hi ha moltes boques en aquesta illa i els camps es concentren en molt pocs llocs.

I era veritat, perquè els cossos escanyolits dels nens i les nenes que traginaven feixos de blat mostraven que la fam torturava tant a grans com a petits. Els esclaus remers de la galera tornaren boirosament a la seva ment i s'adonà que aquest món estava capgirat. Semblava que les penúries perseguien totes les ànimes amb què es topava, i la por de no trobar la seva antiga casa com la recordava d'infant es transformava en un conte grotesc, en un malson produït per febres altes o en un càstig que li havien imposat. Se sentia molest amb tot el que havia vist des que arribà a l'illa, amb les històries d'assassinats per revenges sense fonaments i, ara, amb la pobresa del camp i de les viles que contrastava amb la riquesa de la ciutat.

Sense cap entrebanc i ben custodiats tot el temps pels genets armats, arribaren a Inca i s'aturaren per estirar les cames. El sol queia a plom i optaren per asseure's en una plaça protegida per arbres. Dinaren després de buidar el contingut d'una senalla d'espart. El porc salat, prohibit a la terra de moros, tenia un gust fort i en Marc l'assaborí lentament.

—Feia quasi vint anys que no menjava porc —digué ell per rompre el silenci de na Margalida.

—I ara, què dius? —exclamà ella astorada.

—La religió de l'Islam el prohibeix.

—Quina bajanada!

En Marc no contestà perquè en el fons respectava les creences i els manaments de l'Alcorà. De fet, entenia menys la religió catòlica perquè veia els eclesiàstics com homes polítics i de poder, tal vegada independents de la resta del món. No podia comprendre com la religió, que era per a tothom, vivia tan enfora de la realitat.

Aviat s'aixecaren i entraren al carruatge per fer el darrer tram de la jornada. Ara el camí es féu més estret i sinuós. Campanet, Búger i Sa Pobla eren els darrers pobles que travessarien abans d'arribar a la possessió, que es trobava a Son Fe: entre Alcúdia i Sa Pobla.

Quatre hores més de camí cansaren els viatgers, però la cara de na Margalida es transformà quan veié el llarg camí tancat de paret seca que acabava en una majestuosa casa envoltada d'arbres i de camps de blat. De fet, quan faltaven un parell de centenars de metres i amb la lentitud del carruatge que pujava la costa, la jove saltà sense dir res i corregué embogida cap a l'entrada.

—Pare! Mare! —cridà pel camí.

Aviat sortiren els servents i s'agenollaren mentre se senyaven després de veure que la petita de la família era allà i viva.

—Senyor! Senyor Joan! —cridaren tots.

En Marc romania assegut dins el carruatge i observava l'escena des del finestró de la galera de cavalls quan un home d'una quarantena alt i fornit i amb bones vestidures sortí al llindar de la porta.

—Filla meva! —cridà mentre corria a abraçar-la.

El carruatge ja s'havia aturat i en Marc en descendí lentament. Volia gaudir d'aquell moment, especialment perquè veié que la mare sortia a poc a poc.

La sorpresa fou tan gran que la dona no ho pogué suportar i caigué al terra acubada. Els criats l'envoltaren i en Marc corregué cap a ella sense dir res a ningú.

Les pageses de la casa ventaven la cara de la senyora amb el seu davantal, tot intentant fer-la retornar al seu estat conscient i de seny, quan el metge ja s'hi havia apropat amb la seva bossa de medicines.

Tragué una ampolla d'essències i un mocador. Untà el líquid oliós sobre el drap i el féu ensumar a la mare de na Margalida durant uns pocs segons. La senyora despertà amb una mirada d'estranyesa i ningú no sabé si la causa n'era la imatge de la seva filla retrobada o si n'era la seva pèrdua de consciència.

En Marc la calmà i li féu preguntes senzilles com ara el seu nom o el dia de la setmana.

—Sóc metge i amic de la seva filla, na Margalida. He vingut amb ella des de Turquia. Ara calmi's i assereni la seva ment. Si torna a caure podria prendre mal. Doni'm la mà —li digué el jove per assegurar-se que no tornaria a caure en aixecar-se.

La senyora prengué la mà del metge i observà la seva filla, però amb prou feines pogué reprimir-se d'anar a corre-cuita cap a la noia i abraçar-la i besar-la mentre rompia en uns plors que amollaven tota l'amargor continguda des de feia mesos.

Després del primer contacte explosiu, la jove pogué presentar en Marc com el seu salvador, per la qual cosa els pares li agafaren les mans i li ho agraïren de tot cor.

Entraren dins la casa i na Margalida els contà amb pinzellades gruixudes el que havia estat d'ella i com s'havia pogut alliberar, o millor, com el jove metge, que també havia estat captiu, l'havia salvada de la mort causada per la seva pròpia tristor. Els pares escoltaren i, altre cop, agraïren de tot cor la bondat del metge, que parlava poc.

—Com puc recompensar-li el que ha fet? —demanà el pare.

—No ha de recompensar-me.

—Però m'agradaria molt fer-ho. Demani'm el que vulgui —digué el pare.

En Marc pensà que l'únic que li volia demanar era la mà de la seva filla, però considerà que no era el moment, i no només perquè acabava de conèixer el senyor Llançol, sinó més aviat perquè l'actitud de na Margalida els darrers dies havia estat estranya i mostrava distanciament, fins i tot les poques vegades que ell l'havia acaronada.

—Ja en parlarem! L'únic que ara li voldria demanar és que demà em deixés un cavall per poder visitar la meva família.

—Li deixaré un cavall i tres dels meus genets l'acompanyaran —sentencià el pare de na Margalida.

Una cridòria de joia assaltà la casa. Na Margalida corregué pel vestíbul mentre cridava «padrí».

—Marc, aquest és el meu padrí, de qui tant t'he parlat! —digué sumida en la joia.

—Qui és aquest jove, Margalida? —demanà el padrí amb una gran rialla mentre remenava la seva néta.

—Ell m'ha salvat!

El vell se'l mirà i li allargà la mà. L'estrenyé tant que el metge notà que la força d'aquell home major era més que notable.

—Gràcies, fill meu!

La mare rompé aquell moment quan anuncià que el sopar era sobre la taula i es dirigiren al menjador amb celeritat.

La vetllada seguí fins a altes hores de la nit i molts de petits detalls de l'aventura dels joves foren desvetllats als familiars de na Margalida, als quals els costà entendre el pla de fuga i feren preguntes sobre molts d'aspectes mentre miraven el jove metge com si fos un heroi.

—D'on has dit que eres? —demanà el padrí al jove.

—Sóc de la vila de Pollença.

—I qui és la teva família? Conec molta gent de Pollença.

—Mon pare era en Miquel el talaier.

La cara del padrí es transformà i restà dubitatiu mentre mirava el jove. Tot això féu pensar a en Marc que el vell li havia de donar la mala notícia que el seu pare havia desaparegut feia anys, per la qual cosa decidí anticipar-se.

—No es preocupi. Ja sé que el meu pare és mort.

—Ja ho sabies? —demanà el padrí sorprès.

—Sí. El mataren el dia que em feren captiu.

El menjador emmudí en aquell instant.

—Foren els mateixos pirates que el mataren? —seguí demanant el padrí.

—Sí. Foren els pirates, guiats per algú.

—Qui és aquest? —cridà el pare de na Margalida.

—No ho sé. Potser ja és mort. Tant se val. Durant anys vaig voler esbrinar-ho, però la impossibilitat d'aconseguir-ho a causa de la distància i de la meva esclavitud em féu desistir. Fa temps que no hi penso —en Marc s'aturà i acalà el cap, però en tornar a alçar la seva mirada, va demanar—: Saben res dels talaiers? M'agradaria trobar algú de la meva família.

—No. No en sabem res. Molts dels nostres joves han hagut de partir al continent —afirmà en Joan Llançol.

—Al continent! Per què?

—No has sentit parlar de les lleves? L'emperador recluta els nostres joves per anar a les guerres d'Europa. El nostre rei només pensa en nosaltres quan requereix soldats. Molts fugen amb l'esperança de trobar riqueses, d'altres simplement volen fugir de la fam i assegurar-se un plat dins les tropes i molts es veuen obligats a partir segons el manament del rei.

—Vol dir que potser no trobaré els meus germans?

—No ho sé. És probable —sentencià el pare amb desgana.

El padrí havia callat i es retirà a la seva cambra després de besar la galta de la seva néta i donar la bona nit al jove. L'energia amb què havia arribat s'havia dissolt i ara caminava lentament amb les mans dins les butxaques. En Marc trobà graciosa aquella forma d'amagar les mans a les butxaques. Devia ésser un costum adquirit com molts d'altres, com ara tocar-se el nas o gratar-se el cap sense tenir picor i sense adonar-se'n.

—El sopar ha estat deliciós, però, si no els molesta, m'agradaria retirar-me. Demà em vull llevar prest —digué educadament en Marc.

—Demà t'acompanyaré jo mateix —digué el pare.

—Serà un plaer —contestà en Marc.

Na Margalida no digué res, tan sols bona nit, i en Marc s'entristí encara que ho dissimulà. L'endemà seria el primer dia que passaria sense ella des de feia molt de temps. Ho trobava estrany: la seva figura protectora havia quedat difuminada amb l'arribada a Mallorca, i ara encara més amb la família. En un atac d'egoisme desconsolat, pensà que hauria estat millor quedar-se a Istanbul i deixar que el temps passés a la barraca fins que ningú no s'interessés per la noia. Amb el temps hauria pogut falsificar les dades de la mort d'alguna dona desconeguda per tothom (com havia fet amb l'infeliç morta de verola) i donar-li una nova identitat per a la fi casar-se amb ella. Ningú no els hauria molestat dins la seva caseta a l'hospital i ell n'hauria gaudit fins a la mort.

També l'endemà el turmentava. Es demanava què trobaria i, sobretot, qui trobaria. Les noves rebudes al sopar li feren sospitar que pocs dels seus hi serien.

Es tancà dins una cambra luxosa per segona nit consecutiva i se sentia reclòs i atemorit. No sabia on agafar-se i intentà tranquil·litzar-se amb la lectura d'obres mèdiques que havia portat. Passà dues hores llegint un tractat de fractures sota la claror tènue d'un llum d'oli fins que el cap li caigué damunt la taula i es quedà adormit.

El cant de les caderneres i el dels capsigranys que els donaven caça el despertaren amb el nou dia. Se sentia tragí a la cuina i decidí baixar aviat.

—Bon dia, Marc! Has dormit bé? —demanà el senyor Llançol, que ja s'havia vestit per muntar a cavall.

—Molt bé, gràcies.

—Els cavalls són llestos. Tan aviat com diguis, partirem cap a Pollença.

El jove menjà un tros de pa eixut i begué una mica d'aigua.

—Podem partir. Estic llest.

—Veig que tens pressa.

—La veritat és que no he dormit massa bé pensant en el que deu haver estat dels meus germans i la meva mare.

—No ho trobo estrany! Després de tant de temps, tot et deu semblar un somni.

—O un malson —contestà el jove, que ja es dirigia cap als estables.

Sis genets armats i amb cara de pocs amics esperaven el senyor Llançol i el metge. Saludaren el senyor i no digueren res més. A en Marc, li semblà que eren bandolers al servei del ric mercader.

—Troba necessària tanta protecció? —demanà el jove sense descortesia.

—Potser ens quedarem curts i tot. És molt perillós cavalcar pels camps. Si trobes bandolers enemics, hi pots deixar la vida, de ben segur.

El metge observà que es tractava de bandolers, però pagats pel ric comerciant. Fins i tot la paraula bandoler havia canviat el seu significat a Mallorca: hi havia bandolers bons o dolents segons el bàndol on et trobessis.

Els cavalls trotaven sense forçar el pas i en Marc se sentia incòmode. No sabia muntar i així ho havia fet saber al pare de na Margalida, que li havia donat el més mans i gras de tots, el més semblant a l'ase que el portava pels carrers d'Istanbul.

Els camins que duien a Pollença eren una trampa, perquè la vegetació era més abundant que a la resta dels llocs per on havia passat el dia anterior. Pensà que seria una llàstima caure en una emboscada just abans de retrobar algun familiar quan feia molts anys que havia perdut l'esperança.

El pas dels cavalls minvà i el senyor Llançol parlà al jove.

—Segons em va contar na Margalida, les teves qualitats de metge són formidables. Has pensat que a Ciutat els bons metges tenen un bon futur?

—Si li he d'ésser sincer, no he pensat en el meu futur —contestà el jove, alarmat per la pregunta.

—Jo et podria ajudar a instal·lar-te. Em sentiria molt complagut i podria demostrar-te el meu agraïment. Els principis sempre són molt durs; però, si se superen, tot va vent en popa.

—Va ésser difícil per a vostè?

—No. Jo no vaig haver de sofrir els principis perquè el meu pare fou qui, miraculosament, pogué invertir diners en el comerç del blat.

—I com ho va fer? Sembla gairebé impossible sortir del pou de la pobresa —digué en Marc intrigat.

—Tenia poques terres i treballà de valent. Després en comprà algunes més i aguantà emmagatzemant el blat quan els preus eren bons per als compradors. Fou molt dur i perillós, perquè la llei ho prohibeix, però funcionà. La següent temporada, la collita fou desastrosa i ell pogué vendre la de l'any anterior amb molts guanys. Invertí els diners a armar un vaixell i tot començà a rodar.

—S'ha de tenir sang freda per poder fer això quan la gent es mor de gana! —digué en Marc en un to que no havia controlat.

—Els negocis són freds —acabà dient el senyor, una mica ofès per la impertinència del metge.

No parlaren més durant una llarga estona i a la fi aparegué el Puig de Maria: un turó baix que acabava d'encerclar la vila de Pollença dins una vall envoltada per una cadena de muntanyes més altes com més llunyanes.

La imatge de les muntanyes li retornà fresca i ho recordà. Se sentia reconfortat perquè allò era un senyal que el seu passat no s'havia esborrat per complet i, en un acte inconscient, féu galopar el cavall.

La plaça era la mateixa, i la gent observava els forasters amb desconfiança i atemorida, tot i que els bandolers s'havien quedat ocults fora de la vila. En aquell moment, creuà la plaça un cavaller de l'orde de Sant Joan i s'aturà per oferir-los ajuda i demanar-los qui eren.

—Sóc en Llançol i cerquem la família d'aquest jove, que fou captivat i portat a Alger de menut i no recorda quina era la seva casa.

El cavaller reconegué el nom del comerciant i els envià cap a la casa de la Universitat. Allà hi havia el cens de tota la vila.

En Marc restà immòbil a la plaça mentre el senyor anà a buscar la informació. Es fixava en la cara de la gent que passava i aquests també ho feien en l'estrany. El cor li féu un salt quan veié que no reconeixia ningú.

Aviat aparegué el senyor amb el nom del carrer i la casa de la família dels talaiers i allà es dirigiren. En Llançol l'advertí que només hi trobarien la seva mare i que estava malalta.

El passat esborrat

—Ma mare, sóc en Marc! —digué el metge a l'orella d'una dona envellida i maltractada per la fam i les empremtes del temps.

La dona el mirà i no digué res. Estava ajaguda sobre un llit dins una cambra nua de mobles i de parets de marès. El mirà i no el reconegué en un primer instant, però després la seva cara mostrà un somriure de felicitat i li agafà les mans amb feblesa.

—Mare, he tornat. Sóc aquí —repetí el jove, emocionat i trist alhora.

—Fill meu! Fillet meu! On eres?

La veu fatigada de la mare seguia essent dèbil, però la seva mirada recobrà força en reconèixer el seu fill.

—A terra de moros. No ho sabíeu? —demanà en Marc.

La mare no digué res mentre semblava que feia memòria.

—Sí. Ara ho recordo. Ens enviaren notícies. Crec que fou una carta de Castella, però no n'estic segura.

El metge veié que el mal estat físic de la mare afectava el seu coneixement i pensà que era normal que no recordés les coses o que mesclés la realitat amb la ficció. D'altra banda, l'espectre de la senyora castellana que tantes vegades havia visitat la ment de l'infant, temps enrere, tornà amb força i amb color. Era evident que a la fi havia pogut retornar a la seva Castella i això alegrà el jove, que sempre havia pensat que els familiars no havien volgut pagar-ne el rescat.

—On són els meus germans?

La mare mostrà estupefacció davant la pregunta i afirmà, com si fos evident:

—A la talaia. On han d'ésser?

Madò Bel, que era la germana de la mare, darrerament havia pres cura d'ella i hi era present. S'apropà a en Marc i li digué:

—Fa molts mesos que ha perdut el seny. No sap on es troba. A vegades crida sa mare, que fa anys que és morta; d'altres, crida el seu marit, que desaparegué fa més de vint anys amb tu. No té consciència i el que acaba de dir no té ni cap ni peus. Els teus germans són al continent. Marxaren a la guerra.

Els temors d'en Marc s'havien fet realitat: els seus germans no hi eren i la seva mare estava a punt de partir per sempre. No pensà en res. Només volia contemplar la seva mare, a qui tant havia enyorat en els seus temps de captiu. L'únic que decidí fou restar al seu costat i recuperar una mica del seu passat.

—Senyor Llançol —digué en Marc amb un to decidit—. Li importaria deixar-me el cavall? Em quedaré a casa meva uns dies. La meva mare em necessita i jo la necessito a ella. Dissortadament, crec que d'aquí a poc temps tornaré a la possessió.

—Sí. Et puc deixar el cavall. No hi ha cap problema. Però no és sensat que cavalquis sol pels camps.

En Marc no contestà, però la seva mirada féu entendre que havia pres una decisió.

—D'acord —digué en Joan Llançol—. Un dia abans de partir, has de visitar el ferrer del carrer de l'Almoina. Ell, sota les meves ordres, t'aconseguirà escorta.

—D'acord. Gràcies.

En Marc els acompanyà fins a la porta per després tornar a entrar amb presses.

Examinà la seva marc tal com havia fet centenars de vegades a altres pacients.

—Què fas, fill meu? —demanà alarmada la mare.

—No t'espantis, mare. Sóc metge.

—Metge?

—Sí. El meu amo era metge i m'ensenyà l'ofici com cap altre no ho hagués fet. He après molt.

La mare no sortia del seu astorament i, amb fatiga, li demanà què havia estat de la seva vida.

En Marc li relatà tot el que havia fet des del dia que fou captivat i li digué que havia estat afortunat.

La mare respirava profundament mentre escoltava i donà gràcies a Déu per haver ajudat el seu fill.

En Marc diagnosticà que la seva mare patia una malaltia de l'ànima que havia afectat tots els seus òrgans amb el temps. Ara quasi res no funcionava: no menjava i bevia molt poc. Els ossos marcaven la flacciditat de la seva pell i els ulls se li enfonsaven dins el crani. Semblava una calavera viva, llesta per morir.

Ell ho acceptà i decidí passar els darrers moments amb ella. En els pocs moments lúcids de la seva mare, podria narrar-li les seves aventures i esbrinar coses dels seus germans. Li diria que era un home feliç i savi per tal de fer-la feliç en els darrers moments de la seva vida.

La tia només venia per netejar la malalta. Durant la resta del dia, les atencions que rebia eren les del fill. No li donà cap medicació perquè, simplement, no en tenia per poder curar-la. L'únic consol era no deixar-la morir sola. Estar amb ella fins al darrer alè i agafar-li les mans en tot moment.

El jove havia vist morir molts de pacients, però ara la situació no tenia res a veure amb el passat. Ella era el darrer dels seus records que romania viu i amb ella desapareixeria qualsevol arrel mallorquina. Fins i tot na Margalida.

Dos dies havien estat suficients per saber que no serien feliços junts, que la seva família, per molt agraïda que estigués, no l'acceptaria com a gendre perquè de ben segur els seus plans eren casar-la amb algun ciutadà important i ric. A més, ella semblava llunyana i, potser, ara en Marc li era una nosa.

Però no pensà gaire en na Margalida perquè dedicà tot el temps a la seva mare. Escoltà tot el que li contà, com ara que havien visitat gent important perquè els ajudés en el seu rescat quan era nen, però ningú no els ajudà perquè es tractava de molts de diners.

Amb el temps i davant la impossibilitat de rescatar-lo, havien desistit en el seu intent de fer alguna cosa. Més encara quan la pobresa havia pres tota l'illa. Les collites de blat havien estat desastroses, els pagesos no volien treballar sense la seguretat que els oferissin els soldats per por dels bandejats. Els joves havien partit cap a Europa per servir en les batalles del rei contra països que semblaven molt llunyans. Tot era com una plaga.

En Marc escoltà i esbrinà que havia viscut una època millor a Alger: protegit i ensenyat pel seu amo, respectat per la resta, fins i tot per les autoritats i pels poders espirituals, i així ho féu veure a la seva mare amb el fi que se sentís complaguda. Set dies més tard, la mare, amb cara de felicitat, exhalava el seu darrer alè mentre aferrava amb força les mans del seu fill.

En Marc plorà durant hores davant el cos que s'anava refredant i anava prenent un to blavenc lentament.

Havia seguit parlant durant un temps quan ella ja no hi era. Set dies no havien estat suficients per omplir el buit de més de vint anys i d'una infantesa sense pares.

La tia s'encarregà de cridar el capellà.

La missa *ab corpore* se celebrà l'endemà i en Marc presidí el funeral com a únic familiar. Tota la gent del poble passà per davant del banc per consolar-lo i en Marc se sentí agraït. Tots el miraven amb ulls llastimosos. Tots els majors el coneixien: era el fill d'en Miquel el talaier, que havia tornat de la captivitat de terra de moros i, dins la misèria d'aquell temps, la majoria s'oferiren a ajudar-lo en qualsevol aspecte.

Després de l'enterrament als afores del poble, en Marc, acompanyat per desenes de vilers, tornà al poble i després, sol, visità el ferrer del carrer de l'Almoina, que ja sabia de què es tractava.

Quedaren que, a les set del matí següent, tres genets l'esperarien a la creu de terme, i en Marc es dirigí a la casa de la mare per darrer cop.

Trescà per la casa tot cercant alguna cosa que li fos propera, però res no trobà excepte un anell d'or vell que havia portat el seu pare. L'agafà i se'l posà dins la butxaca. Després, desganat, s'estirà sobre un llit petit de la cambra dels nens.

S'imaginà els seus germans jugant en aquella habitació. Es demanà com hauria estat la seva infantesa envoltada d'ells, amb els ulls tancats, però quan els obria, només veia una cambra buida i desconeguda. Tancà els ulls i féu un esforç per adormir-se.

A la matinada, guarní el cavall i sortí caminant pels carrers estrets i corbats de la vila. Sabia on es trobava la creu de terme perquè l'havia vista quan havia entrat a Pollença amb el senyor Llançol.

Al cap de deu minuts hi arribà i veié que tres genets l'esperaven.

—Vol partir cap a la possessió? —demanà un d'ells sense dir bon dia.

—No. Vull anar a la talaia.

Els genets mostraren estranyesa però obeïren les ordres del metge, que ja havia muntat sobre l'animal.

Menys de dues hores després, la costa abrupta devora la mar els obligà a baixar dels cavalls. En Marc els digué que esperessin un parell d'hores més en aquell indret. Volia pujar la costa amb els seus propis peus i mirar l'horitzó.

Quan era al cim de la muntanya del caló, observà que una gran fortalesa s'havia aixecat damunt la punta, anomenada l'Avançada. Era gran i protegida per soldats i canons de gran calibre. El somni de tants d'anys per part dels vilers s'havia fet realitat i la fortalesa s'aixecava majestuosament tot impedint que qualsevol vaixell enemic s'hi pogués apropar.

Seguí caminant mitja hora més fins que topà amb la talaia. No hi havia ningú que vigilés. No hi havia cap foguera preparada per avisar dels perills. La llenya, ja cremada, només es trobava en el seu interior i devia haver estat algun caçador qui hi havia calat foc per escalfar-se o per cuinar.

S'assegué a la penya i observà el càrritx sec mogut pel vent. Recordà el jac de vellut de son pare, aquell jac etern que havia de servir per a tota una vida. Restà immòbil llarga estona fins que girà el cap envers la Cova del Pebre. Els pèls se li posaren de punta i sentí un fred tenebrós en tot el cos; s'adonà que els ossos de son pare encara devien ésser a dintre.

No hi volgué anar i, a corre-cuita, com si hagués estat posseït per una força tenebrosa, tornà al lloc on havia deixat els genets.

—Ja podem marxar cap a la possessió? —demanà amb un to molest el que semblava el cap dels bandolers contractats.

El jove mogué el cap tot afirmant en silenci i muntà sobre el seu cavall panxarrut i immutable.

Cavalcaren aviats i en Marc no es pogué distraure, la qual cosa, en el fons, l'alliberà de la temptació de mirar per darrer cop les muntanyes que l'havien vist néixer. La decisió estava presa. No volia viure en aquella illa. S'hi trobava un estrany i ja res no l'empenyia a tenir el desig de romandre-hi. Ni tan sols na Margalida, l'amor de la qual havia deixat dins la Mediterrània a bocins petits a mesura que s'apropaven a Mallorca.

No era la mateixa. Tal vegada no havia estat la mateixa a Istanbul, però ara ja res no importava. Les teles del futur anaven tancant el cercle com una xarxa de pescadors i la lluminositat de la ciutat d'Alger prenia força dins la seva ment. La casa encara era de la seva propietat i, de ben segur, seria rebut amb els braços oberts.

La cavalcada durà més d'una hora i la sella de muntar s'havia convertit en un estri de tortura que li causava un mal agut a la pelvis i li anestesiava mig cos. Baixà del cavall quan entrà en el camí de paret seca i intentà recobrar la seva postura vertical amb fregues a l'entrecuix. Amb pocs minuts pogué caminar amb normalitat, tot i que el mal encara era intens.

Els genets, que no havien desmuntat i havien arribat a la casa uns minuts abans, galoparen altre cop cap a ell tot aixecant una gran polseguera darrere les bèsties. En Marc s'apartà i els deixà passar. Portaven els arcabussos a la mà i s'havien cobert mitja cara amb els mocadors que abans havien dut envoltats al coll. Tenien pressa i semblava que sabien perfectament on es dirigien.

En Marc seguí caminant fins a arribar a l'entrada. Ningú no l'esperava i se n'estranyà, perquè era evident que els genets havien donat avís de la seva arribada.

Entrà dins la casa i sentí un crit de dolor. Seguí, pels passadissos, els crits que venien de les cambres del pis de dalt i pujà les escales amb presses.

Els criats i els pagesos eren al vestíbul amb cares tristes.

—Què passa? —demanà al criat major.

—El senyor Llançol ha estat ferit de bala. Sembla seriós.

En Marc entrà dins la cambra temorós del que trobaria. El pare de na Margalida li havia semblat un bon home i s'havia portat bé amb ell, encara que suposava que només per mostrar-li la seva gratitud.

Però el pare de na Margalida era dret davant el llit tacat de sang, acompanyat de la seva esposa i de la seva filla, que, quan veié el metge, cridà:

—Marc, salva el meu avi!

Era el vell Llançol qui havia caigut en una emboscada de bandejats de l'altre bàndol. Els seus tres guardaespatlles no havien pogut evitar l'atac sorpresa d'un grup més nombrós i tots eren ferits ara.

El vell havia caigut el primer i els altres només pogueren defensar-se i fer-se forts darrere una paret de roques que vorejava un camp de blat de la propietat.

El metge observà el vell. Perdia molta sang, però no per l'orifici que tenia a l'abdomen. Incorporà el vell amb molta cura i comprovà que la bala havia sortit per l'esquena, perquè la sang rajava del forat de darrere, el de davant havia quedat cauteritzat amb la pólvora cremant de la mateixa bala.

Es girà cap a na Margalida i negà amb el cap. No hi havia res a fer. El fetge havia quedat perforat i en poc temps moriria.

—No! —cridà la noia en veure que no el podrien recuperar.

—Necessito aigua i tovalloles —el metge sabia que la imatge sagnant del vell romandria dins la ment de na Margalida si el veia morir d'aquella manera; per tant, l'únic a fer era netejar-lo, embenar la ferida i esperar.

Els criats no es torbaren i al cap de pocs minuts l'aigua i els draps blancs eren al costat del metge.

—Ara necessito estar sol —digué en Marc, que no volia que els parents veiessin l'estat del vell.

Tots sortiren sense deixar de mirar el vell moribund i en Marc es quedà sol. Li tallà la roba tacada i foradada i la hi llevà. Després banyà el vell que, a instants, recobrava els sentits i demanava on era. L'embenà i la sang deixà de rajar, però encara hi havia feina perquè els braços i les mans semblaven més els d'un assassí que els d'una víctima. Començà pel braç dret quan l'aigua de la ribella ja s'havia tenyit de roig, i després va seguir amb els dits, d'un en un, perquè eren més difícils de rentar a causa dels pèls que s'havien eixugat impregnats de la sang coagulada. Després passà al braç esquerre i repetí el mateix altre cop, encara que amb menys eficàcia, perquè l'aigua era roja com la sang mateixa. Però havia d'acabar i deixar aquell senyor llest per passar a l'altre món.

Es quedà espantat quan li agafà la mà. Només tenia quatre dits i era el petit el que mancava. La deixà caure com si estigués tocant un malalt de la pesta i s'apartà ràpidament. El vell el mirà amb ulls apagats.

—Tu! Vas ésser tu! —digué silenciosament en Marc mentre el cap se li enterbolia.

L'edat del vell coincidia aproximadament amb la que en Mohamed li havia dit. A més, el dit petit amputat i el record de la conversa que havia mantingut amb en Llançol fill sobre la sort de la prosperitat del vell l'havien portat, com si fos el camí empedrat de la possessió, a la conclusió que l'avi de na Margalida havia estat el traïdor de la talaia.

El vell s'atemorí quan el jove aixecà el ganivet amb el qual li havia tallat les vestidures.

DESARRELAT

El vent feble era just el suficient per inflar les veles del vaixell de mercaderies que començava la travessia fins al nord d'Àfrica i la seva velocitat era la mínima per poder dirigir la nau que enfilava rumb cap al sud-oest.

Ciutat semblava tenir un imant que xuclava el vaixell de fusta i no el deixava partir, però en el fons era l'esperit del jove metge que tenia pressa per deixar enrere aquella Mallorca que no l'havia vist créixer. Els baluards pentagonals on se situaven les bateries de canons i que protegien les febles portes que comunicaven l'exterior de la muralla amb la ciutat semblaven gegants insensibles que custodiaven la maldat d'aquella època tenebrosa que li tocava viure a la gent d'aquella illa.

El jove viatjava per darrer cop i per establir-se en el seu estimat Alger. Havia cercat la pau i, irònicament, hagué de voltar tot el Mediterrani per arribar a la conclusió que només la trobaria en el lloc on començà el viatge.

Tot i això, portaria durant la resta de la seva vida el record del seu amor, na Margalida, i no podria desfer-se de la càrrega de la seva venjança amb lleugeresa, perquè la culpabilitat d'haver pecat contra un vell moribund el mossegava dins l'ànima.

La nau prenia velocitat de mica en mica mentre un vent suau de gregal s'aixecava amb parsimònia quan s'aturà a recordar els següents dies després de la mort de l'avi de na Margalida. De fet, la imatge que li colpejà la ment fou la processó de carruatges que marxava lentament i en silenci. Enmig de la petita caravana hi anava el carro negre: luxós i fred. Els escortaven dues dotzenes d'homes armats i ben engalonats. Ningú no parlava i només els plors ininterromputs i cansats de na Margalida denotaven que els carruatges portaven passatgers.

El primer carro i el darrer, sense cap protecció del sol, carregaven els criats i les criades, que sempre canviaven de casa segons els designis dels seus patrons. En penúltim lloc, una galera transportava els pares de na Margalida i, en el segon, hi havia asseguts, l'un enfront de l'altre, en Marc i la noia.

Ell l'observava amb un odi profund. No contra ella. L'odi era contra ell mateix: la venjança tan desitjada en els primers anys i oblidada en els darrers no l'havia reconfortat ni l'havia alliberat del seu turment, més aviat l'havia fet sentir pitjor. Havia estat una sort que en el darrer moment, quan tenia el ganivet alçat per clavar-lo al cor d'aquell vell moribund, la seva sensatesa el detingués i no actués com un assassí. D'altra banda, mai no s'ho hauria perdonat i l'amargor d'esperit sempre l'hauria acompanyat.

Dins les pupil·les humides de na Margalida, la imatge del metge es reflectia com un espectre sense fesomia. Només sabia que era ell perquè ningú més no era al carruatge, excepte na Margalida. Recordà el moment de la venjança: «Em casaré amb la teva néta i ella pagarà per tots els mals que tu feres... Des de les espurnes de l'infern, veuràs com jo dilapidaré la teva fortuna que amb traïcions i mentides has amuntegat...».

La roda de la fortuna s'havia capgirat per al vell i, en el darrer moment de la seva vida, es trobava a la part més baixa després d'una caiguda inesperada. La seva cara s'havia transformat quan veié que havia estat descobert pel fill del talaier, al qual, vint anys enrere, havia venut als corsaris per una bossa de monedes i sota el pacte que les seves terres mai no serien atacades.

La seva traïció havia estat cara i ja l'havia començada a pagar quan na Margalida fou presa i portada a Turquia. L'esforç de trobar-la i recuperar-la no havia donat fruits: les seves relacions amb els corsaris algerians eren encara bones, tot i que més febles amb el pas del temps, però no en pogué treure res perquè la seva néta havia estat apressada per un pirata que practicava el cors menor i que no tenia res a veure amb el gran cors d'anys enrere. Aquests pirates no donaven compte de les seves preses, només compartien part del seu botí amb les autoritats que els donaven suport. Pel que fa al cas de na Margalida, la seva captura no havia estat enregistrada pels comerciants d'esclaus, ni havia estat posada a la venda, ni s'havia demanat un rescat. Si hagués seguit algun dels camins anteriors, el vell l'hauria trobada i l'hauria recuperada. La seva bellesa l'havia convertida en un tresor cobejat i una moneda de canvi per a fins més productius.

Però la tristor del càstig imposat al vell per la pèrdua de la seva néta, l'ésser més estimat, s'esvaí el dia que ella aparegué a la possessió acompanyada per un jove metge. La seva força retornà i se sentí jove, amb ganes de viure i, tal volta, arribar a veure com la seva família encara creixia més amb les noves criatures de la seva néta. L'alegria només durà hores, perquè quan esbrinà, durant el sopar, que el jove metge era el fill del talaier, es trastornà profundament. Aquell jove era l'únic que podia desemmascarar la seva traïció i el seu secret tan gelosament guardat, fins i tot als seus familiars.

En Marc hauria estat assassinat tard o prest si el vell no hagués mort. Ho havia estat tramant: Ciutat, amb els seus carrerons i els seus continus assassinats, era el lloc idoni. Els mercenaris de Ciutat esperaven com si fossin sangoneres que els rics els encomanessin aquestes feines. Cobraven un bon sou i l'únic que havien de fer era esperar la seva víctima darrere una cantonada per clavar-li un ganivet o una espasa dins la foscor de la nit. Els assassins llogats mai no volien saber qui eren les seves víctimes i no feien cap pregunta sobre qui pagava. Per tant, la identitat del culpable final mai no era descoberta. Tot això amb l'afegitó que les jurisdiccions no eren eficaces a causa del seu gran nombre i la manca de definició de competències feia que un assassinat gairebé mai no es pogués donar per resolt davant un tribunal.

Els diners del vell Llançol l'havien fet poderós, però aquest poder també l'havia convertit en una víctima d'aquella època. Tenir poder implicava pertànyer a un bàndol, amb el consegüent risc de morir en mans dels altres. I així fou com acabà.

—Ho sento! —digué en Marc quan acabà de pensar en el vell i mentre observava els ulls vermells de na Margalida.

Ella no contestà ni el mirà.

—No el podia salvar! La bala l'havia travessat! —cridà ell.

—Ja ho sé. Sé que hauries fet l'impossible per salvar-lo si hi hagués hagut la possibilitat —contestà ella amb ulls comprensius i sense dubtar del metge.

La comprensió de na Margalida encara afectà amb més força el jove i sentí la necessitat de contar-li el que havia passat durant els darrers instants de la vida del vell, però sabia que rompre la imatge del seu avi, que per a ella sempre havia estat la d'un home feiner que havia lluitat per sortir de la misèria, no hauria arreglat res i l'hauria enfonsada en un estat d'ànim del qual probablement no n'hagués sortit mai. S'hauria d'emportar el seu secret cap a Alger, on el seu antic protector, en Mohamed, un dia li explicà que, a vegades, no saber la veritat és millor.

La ciutat de Palma s'apropava més i més amb cada volta de roda. Les terres que envoltaven la muralla de la ciutat eren conreades pels mateixos ciutadans, que es veien obligats a sortir a causa de la manca de terra de dins el cercle reclòs pel poderós mur de marès. A l'horta d'amunt, els arbres fruiters donaven color al dia fosc i gris que acompanyava el carro fúnebre. L'horta d'avall era distinta: els molins de vent regaven els camps de farratges i de cereals.

En Marc temia la ciutat i no hi volia entrar, però ho havia de fer si volia arribar a Alger. No diria res a ningú i, amb els diners que encara tenia d'Istanbul, trobaria algun capità que el deixés embarcar.

El funeral tingué lloc a l'església de Sant Nicolau i molta gent hagué de restar al defora del temple a causa de la multitud de ciutadans que hi assistiren. En Marc també hi fou present i s'adonà que moltes mirades esquives l'escorcollaven. No sabia si ho feien perquè era un estrany vingut de terra de moros o si, al contrari, ho feien perquè era l'heroi que salvà la filla dels Llançol. L'únic que sabia era que no es trobava còmode i que la ciutat i les seves gents l'ofegaven. La casa dels Llançol, tot i l'amabilitat que li havien demostrat, semblava una casa morta, sense vida. Poques vegades havia vist na Margalida i mai no havia pogut parlar amb ella. La major part del temps romania tancada dins la seva cambra, que la protegia del món real.

Fins que una alba, dues setmanes després de l'enterrament, el metge hi entrà per acomiadar-se'n mentre ella dormia.

La cara de pell blanca ressaltava dins la foscor de la cambra i ell s'assegué al seu costat per observar-la per darrer cop. Enyorava les seves galtes tendres i el tacte íntim dels seus dos cossos. La recordava en els seus braços, desemparada i espantada, trobant consol en ell. Encara l'estimava, o potser encara estimava na Margalida d'Istanbul. Xiuxiuejà per no despertar-la:

—Desitjo que tinguis sort en aquesta vida i que siguis feliç, però jo mai no ho podré ésser en aquesta illa.

Li féu un petó suau sobre la galta esquerra i arrossegà la seva mà sense pressionar sobre el cos tapat de la noia mentre s'aixecava disposat a sortir.

—Marc! —digué ella amb una veu dormida.

—Ssss! Estigues tranquil·la! —contestà ell.

—On vas a aquestes hores?

—Me'n vaig a casa.

—Quina casa? De què em parles?

—A Alger.

Na Margalida deixà de parlar i encengué la petita llàntia que hi havia al costat del llit.

—Però, Marc... —seguí dient ella amb un to trist.

—El meu nom és al-Rhazes. No és Marc. No puc viure en el teu món i ja res, excepte tu, em lliga a aquest lloc.

—Però tu i jo... És que ja no recordes el que ens va passar? —demanà ella mig espantada.

—Sí. Ho recordo i mai no ho oblidaré. Sempre et portaré dins el cor fins que aquest faci el darrer batec, i potser més enllà d'aquesta vida també m'acompanyaràs. Però tu no m'estimes com una dona ha d'estimar un home. M'estimes perquè et vaig salvar i perquè et vaig protegir. Recorda-ho! Tu mateixa em digueres, a Istanbul, que el nostre amor havia d'ésser lliure si és que havia d'ésser i aquí tot és diferent. Tu tens el teu món, la teva família, els teus costums, i aquests no em pertanyen.

—Però hi ha d'haver una altra solució!

—No! No hi és. Si vinguessis amb mi, et passaria el mateix a tu. No series feliç i hauries de dur una vida humil.

Na Margalida li agafà les mans. Sabia des de feia temps que la veritat havia sortit de la boca del seu benvolgut amic metge.

—Sempre t'estaré agraïda i també romandràs en el meu cor fins a la fi dels meus dies.

S'abraçaren amb força durant uns minuts eterns que foren ínfims per a la parella.

El metge al-Rhazes s'aferrà fort a la borda del vaixell i retornà al present quan una ràfega de vent tombà la nau uns graus cap a estribord.

El vaixell havia pres velocitat i, en pocs minuts, el cap Enderrocat tancaria la Ciutat de Palma tot fent-la desaparèixer per sempre.

També desapareixerien les temors al futur, les traïcions i les venjances per donar pas a una vida de saviesa, a una vida que només fos curar o, al manco, intentar-ho per tots els mitjans.

Les cares de Mohamed, del seu mestre i amo Ashrà, del seu amic metge Al-Safra, de la seva mare, que morí en pau, i de na Margalida li apareixien i li somreien tot donant-li coratge per seguir fent el que sabia fer: curar.